लाल हवेली

शिवानी

राधाकृष्ण पेपरबैक्स

राधाकृष्ण पेपरबैक्स में
पहला संस्करण : 2007
आठवाँ संस्करण : 2025

राधाकृष्ण पेपरबैक्स : उत्कृष्ट साहित्य के जनसुलभ संस्करण

राधाकृष्ण प्रकाशन प्राइवेट लिमिटेड
जी-17, जगतपुरी, दिल्ली-110 051
द्वारा प्रकाशित

शाखाएँ : अशोक राजपथ, साइंस कॉलेज के सामने, पटना-800 006
पहली मंजिल, दरबारी बिल्डिंग, महात्मा गांधी मार्ग, प्रयागराज-211 001
1, अनमोल सोराबजी संतुक लेन, धोबी तलाव, मरीन लाइंस, मुम्बई-400 002
वेबसाइट : www.radhakrishnaprakashan.com
ई-मेल : info@radhakrishnaprakashan.com

बी.के. ऑफसेट
नवीन शाहदरा, दिल्ली-110 032
द्वारा मुद्रित

मूल्य : ₹199

LAL HAVELI
Short Stories by Shivani

ISBN : 978-81-8361-117-6

क्रम

गूँगा	7
लाल हवेली	16
शिबी	23
नथ	33
गहरी नींद	42
खुदा हाफिज	51
ठाकुर का बेटा	60
मणिमाला की हँसी	68
फिरबे की? फिरबे?	82
मँझले दद्‌दा	104
टोला	112

गूँगा

सर्जन पंड्या को दूर से देखने पर लगता, कोई अंग्रेज चला आ रहा है। सुर्ख गालों पर सुख, सन्तोष और स्वास्थ्य की चमक थी। उनके हाथ में कुछ ऐसा यश था कि उनकी प्रतिभा का स्पर्श पाते ही, मुरझाए मरीज भी चंगे होकर बैठ जाते। उनकी फीस भी उनके व्यक्तित्व की ही भाँति रोबीली थी, ऐसा-वैसा व्यक्ति तो उनकी फीस सुनकर ही पीला पड़ जाता, पर रोगी के पीले चेहरे से भी उनकी आँखों में करुणा नहीं उभरती। कभी-कभी वे अपनी विकट फीस में थोड़ा-सा अन्तर भी कर देते थे। बशर्ते, मरीजा सुन्दरी हो या मरीज किसी मौलिक बीमारी का नमूना हो। पर असंख्य रोगियों को जीवन-दान देने वाला यह अनोखा मसीहा अपनी ही पत्नी का इलाज नहीं कर सका था। एक ही पुत्री को जन्म देकर उसकी पत्नी सौर में ही पगला गई थी और सर्जन उसे ठीक नहीं कर पाए थे। सोलह वर्ष से वह आगरा के पागलखाने में पड़ी थी। बीच-बीच में सर्जन उसे देखने भी जाते थे और कुछ लोग तो कहते थे कि वह उतनी पागल नहीं थी कि उसे घर न लाया जा सके, पर सर्जन कभी लौटकर पत्नी के उन्माद का प्रसंग भी पुत्री के सामने नहीं छेड़ते और न पुत्री ही कुछ पूछती। सर्जन की कन्या का नाम था कृष्णा। रंग था गेहुँआ, पर मुखश्री अनुपम थी। सघन कृष्ण वेणी को वह ढीली-ढाली गूँथकर पीठ पर डाल देती। माँ के अभाव को पिता के स्नेह ने कभी खटकने नहीं दिया था। देखरेख की लगाम तो नहीं थी, पर पिता का शासन कड़ा था। कृष्णा ने पढ़ाई के साथ संगीत और नृत्य की शिक्षा प्राप्त की। पैरों में घूँघर बाँधते ही वह स्वर्ग की अप्सरा बन जाती, बड़े से बड़ा कला-मर्मज्ञ हो या नृत्य-संगीत से एकदम ही अनभिज्ञ कोई अरसिक, सब उसके नृत्य की रस-माधुरी में डूबकर रह जाते; यही उसके नृत्य की विशेषता थी।

एक बार एक नृत्योत्सव में तीन घंटे तक नाचकर दर्शकों को मन्त्रमुग्ध किया और अन्त में जब हाथ जोड़कर दर्शकों की ओर सिर झुकाया तो तालियों से हाल गूँज उठा। सर्जन की आँखों में आनन्दाश्रु छलक उठे। अन्तःकरण को अमृतवृष्टि से परिप्लावित करती उस छवि को एकटक देखते, एक और व्यक्ति की भी आँखें तरल हो गई थीं और वह था तरुण स्क्वैड्रन, लीडर वी. डीसूजा। वह कृष्णा के पड़ोसी डॉ. डीसूजा का पुत्र था। उसके पिता सर्जन के क्लिनिक में ही काम करते और सर्जरी में ही हाथ में छुरी लग जाने से टिटनेस से उनकी मृत्यु हो गई थी। पिता की मृत्यु के बाद मातृहीन डीसूजा सर्जन के साथ ही छुट्टियाँ बिताता। कृष्णा के आकर्षण-जाल में वह किस बुरी तरह फँस गया है यह वह उसी दिन जान पाया। स्वभाव से ही लजीले उस सौम्य गोवानी युवक पर सर्जन का अत्यन्त स्नेह था। उसके लम्बोतरे चेहरे पर साँवले रंग की चमक थी, पतली मूँछों के नीचे उसके पतले होंठों पर सदा संयम की चाबी लगी रहती। वह बड़े नम्र स्वर में बोलता और बड़े ही सलीके से कपड़े पहनता। उसके जूते ऐसे चमकते कि कोई चाहे तो अपना मुँह देख ले! सर्जन, उसके जूतों की इसी चमक पर फिदा थे। "शाब्बास बेटे, तुम्हारे जूतों की चमक देखकर हमारी तबियत खुश हो जाती है। जो शख्स अपने जूते चमकाकर रखता है उसका दिल भी हमेशा चमकता रहता है।" पता नहीं, सर्जन का कथन किस अंश तक सच था, पर डीसूजा का दिल सचमुच ही एकदम साफ था। वह जितना ही कृष्णा से बचकर निकलता, वह उसे उतना ही घेर लेती।

इसी बीच सर्जन को अपने निःसन्तान बूढ़े चाचा की क्रिया निबटाने पहाड़ जाना पड़ा। कुछ ही दिन पूर्व उसके चाचा का अनुनय-भरा पत्र आया था—"मैं मरणासन्न हूँ, मेरी मृत्यु के बाद जैसे भी हो, मुझे पीपल-पानी कर जाना, नहीं तो मेरी आत्मा भटकती रहेगी।" सर्जन प्रगतिशील विचारों के होकर भी घोर सनातनी थे। अपने राजप्रासाद के गुसलखाने में लघुशंका से निवृत्त होने भी जाते, तो जनेऊ कान पर चढ़ा होता। चाचा की आत्मा को तो उन्होंने भटकने से बचा लिया, पर पुत्री की आत्मा भटक गई। तेरहवीं कर लौटे तो चित्त प्रसन्न था। आत्मीय स्वजनों ने उनकी पुत्री के लिए एक हीरे-सा टुकड़ा वर ढूँढ़ दिया था। कृष्णा उन्हें लेने एअर पोर्ट पर आई—"क्यों बेटी, कान्तम्मा तुम्हें छोड़कर छुट्टी ले घर तो नहीं चली गई थी?" उन्होंने पूछा। कान्तम्मा उनकी वर्षों पुरानी बूढ़ी आया थी। "ना पापा," नम्रमुखी

कन्या उन्हें कुछ पीली-सी लगी। "पापा, मेरे लिए पहाड़ की मिठाई बालसिंघौड़ी लाए या नहीं?" बच्ची की तरह मचलकर उसने पूछा। "लाया क्यों नहीं, और भी एक चीज लाया हूँ अपनी दुलारी बेटी के लिए, जानती हो क्या?" सर्जन ने मुस्कराकर कहा।

"क्या पापा?"

"एक सुन्दर-सा वर, जिसे ढूँढ़ने ही शायद भगवान ने मुझे पहाड़ भेजा था।" सर्जन ने कनखियों से बेटी की ओर देखा और ममता से उनका गला भर आया। थोड़े ही दिनों में उनकी बेटी पराई हो जाएगी। कृष्णा का चेहरा आश्चर्यजनक रूप से सफेद लग रहा था, वह पहले गुमसुम हो गई, फिर अचानक दृढ़ स्वर में बोली, "आपको मेरे लिए वर नहीं ढूँढ़ना होगा—मैंने वर ढूँढ़ लिया है!"

सर्जन दंग रह गए, कहती क्या है लड़की—कहाँ से वर ढूँढ़ लिया, यहाँ तो अपने समाज का एक परिवार भी नहीं था।

"क्या बात कर रही है पगली, कैसा वर?" उन्होंने स्वर को करुण बनाकर पूछा।

"हाँ पापा, मैं विकी से ही ब्याह करूँगी।" सामान्य-सी किशोरी के कंठ की दृढ़ता में कहीं भी नम्रता की मिठास नहीं थी। सर्जन क्रोध से काँपते चुपचाप अपनी मूँछें नोचने लगे। सामान्य-सा पाइलट डीजूसा, उस पर भी ईसाई और कहाँ कुमाऊँ के महापंडितों के खानदान की पुत्री कृष्णा! कार घर पहुँची, तो डीसूजा को बुलाने आदमी भेजा, पता लगा--डीसूजा मद्रास चला गया है। शासन की लक्ष्मण-रेखा में पुत्री को बाँधकर सर्जन निश्चिन्त हो गए। बिना उनसे पूछे अब वह गुसलखाने भी नहीं जा सकती थी। सर्जन को इसी बीच जयपुर की मेडिकल सेमिनार में अध्यक्षता करने जाना पड़ा। कान्तम्मा को कड़ी हिदायतें देकर वे दो और बूढ़ी नौकरानियाँ तैनात कर गए, किन्तु तीन जोड़ी बूढ़ी आँखों को धोखा देने के लिए कृष्णा की एक ही जोड़ी जवान आँखें काफी थीं। डीसूजा खबर पाते ही छुट्टी लेकर आ गया और दोनों फिर लुक-छिपकर मिलने लगे। "पापा के आने में केवल आठ दिन हैं विकी।" एक दिन कृष्णा ने उसकी छाती पर माथा टिकाकर कहा, "तुम्हें पाँच दिन बाद लम्बी ट्रेनिंग के लिए फ्रांस जाना है, क्यों न हम सेंट पाल के बूढ़े पादरी की खुशामद कर शादी कर लें? पापा फिर कर ही क्या लेंगे?"

एक शाम, दोनों जंगल में खो गए। बच्चों की भाँति, एक-दूसरे का हाथ कसकर पकड़े, सेंट पाल से लौटे। तीसरे दिन डीसूजा चला गया। सर्जन लौटे, ढाई-तीन माह तक मरीजों में फँसे रहे। एक दिन लेटे-लेटे वे अखबार पढ़ रहे थे कि पहले ही पृष्ठ पर 'तरुण भारतीय पाइलेट की मृत्यु' की खबर देखकर चौंक गए। डीसूज़ा की मृत्यु हो गई थी। वे मन-ही-मन ईश्वर को लाख-लाख धन्यवाद दे रहे थे कि एक चीख सुनकर चौंक पड़े। कृष्णा उनके पीछे खड़ी थी। उसका रोना और कोई न सुन ले, यह सोचकर सर्जन ने चट से उसे उसके कमरे में धकेलकर अन्दर से चिटकनी चढ़ा दी। पर कृष्णा सिसकती रही। "क्या तूफान मचा रखा है तुमने? कोई नादान बच्ची तो नहीं हो, तुम्हें पता होना चाहिए कि तुम्हारी शादी तय हो चुकी है।" बाल बिखराए ही कृष्णा तड़पकर उठ बैठी—"मेरी शादी हो चुकी थी पापा!"

"क्या बकती है?" सर्जन ने तिलमिलाकर बेटी की ओर चाँटा साधा; फिर बड़ी चेष्टा से बिना मारे ही हाथ खींच लिया।

"हाँ पापा, तीन माह पहले सेंट पाल के पादरी ने हमारी शादी करवाई थी--विकी मेरा पति था।" उसके होंठ काँपने लगे।

"चुप कर बेहूदी! तुम अभी नाबालिग हो, शादी हो ही कैसे सकती थी?" गुस्से से पैर पटककर सर्जन धड़धड़ाते पादरी के पास गए, न जाने कितने के चेक से उसका मुँह बन्द किया। लौटे तो कृष्णा को समझाते हुए कहा, "मैंने पादरी को समझा दिया है, वह सब रिकार्ड जला देगा। खिलवाड़ को कोई भी धर्म शादी नहीं कह सकता।"

"पर एक बात और है पापा," सिर झुकाकर कृष्णा जमीन में गड़ गई।

"क्या?" चीखकर ही पूछा सर्जन ने।

"मैं माँ बननेवाली हूँ।" दोनों हाथों से मुँह ढाँपकर वह सिसक उठी।

नियति से जूझकर सर्जन अब धराशायी थे। रात-भर वे पिंजड़े में बन्द शेर की तरह चक्कर लगाते रहे, फिर भोर होते-होते उन्होंने कमर कस ली। दूसरे दिन वे पुत्री को लेकर यह कहकर चले गए कि सगाई की रस्म पूरी करने वे पहाड़ जा रहे हैं। मार्ग में उन्होंने बेटी को कितना समझाया, अठारह वर्ष की जिन्दगी, वह अकेली नहीं काट सकती। देहली में एक बहुत बड़े महिला आश्रम की संचालिका काशीबाई को वे जानते थे। कुछ वर्ष पूर्व उसे ब्रेस्ट कैन्सर हो गया था। उन्होंने उस विधवा सुन्दरी को कभी जीवन-दान दिया था। आज उसी का प्रतिदान माँगने जा रहे थे। सबकुछ सुनकर काशीबाई

हँसकर बोली, "आप निश्चिन्त रहें सर्जन, किसी को कानों-कान खबर नहीं होने की।"

भाग्य ने सर्जन पर दया करके समय से पूर्व कृष्णा को मुक्ति दे दी। सतमासी पुत्र को जन्म देकर वह चार माह बाद घर लौट आई। कुछ ही दिनों बाद उसके विवाह की तैयारियाँ जोर-शोर से होने लगीं। सात फेरे लगाकर सप्तपदी पूर्ण हुई तो सर्जन के दिल का पहाड़ हट गया। काशीबाई पर उन्हें पूरा भरोसा था और किसी को कानोंकान कुछ खटका भी नहीं हुआ था। धीरे-धीरे समय बीतता गया। विवाह को अब छः वर्ष पूरे हो गए थे। कृष्णा के एक पाँच वर्ष का पुत्र भी था, किन्तु अभी भी उसके सौन्दर्य में वही अल्हड़-सा भोलापन था। वह नृत्य का निरन्तर अभ्यास करती थी, उसके ओडिशी और भरतनाट्यम् की ख्याति राजधानी तक पहुँची और महारानी के स्वागत-समारोह में उसे आग्रहपूर्वक आमन्त्रित किया गया। वह अपने पति और पुत्र के साथ ही आई थी, क्योंकि ठीक सातवें दिन उसके पति को वाशिंगटन दूतावास में सेक्रेटरी के पद का भार ग्रहण करने पहुँचना था। दुर्भाग्य से ठीक नृत्य-समारोह के दिन ही राजीव को तेज ज्वर हो आया। इकलौता जिद्दी लाड़ला, माँ के गले में अपनी ज्वराक्रान्त तपती बाँहें डालकर झूल गया--"नहीं ममी, तुम यहीं रहो।" बड़ी कठिनता से एक इलेक्ट्रिकल ट्रेन और चाकलेट का उत्कोच देकर कृष्णा को छुट्टी मिली। उस दिन के नृत्य-प्रदर्शन ने उसके गले में कीर्ति की जयमाला डाल दी। स्वयं महारानी एलिजाबेथ ने उसके दोनों हाथ पकड़कर उसे बधाई दी। प्रशंसा और तालियों के नशे में झूमती वह पति के साथ कार में लौट रही थी कि सर्र से महिला आश्रम के पास से कार गुजर गई। एक पल ही में उसकी सारी प्रसन्नता उड़ गई। जिस घाव की सूखी पपड़ियाँ तक झर गई थीं, वही आज नासूर बन गया था। घर पहुँची और बच्चे को छाती से चिपटाकर लेट गई, पर सो नहीं सकी। माँ को पाकर राजीव ने प्रसन्नता से छाती में मुँह छिपा लिया।

पीपल के पेड़ के साये में घिरी आश्रम की छोटी-सी कोठरी में मूँज की झूला-सी चारपाई पर एक अभागा सो रहा था, उसके पास मुँह छिपाने को किसी की छाती नहीं थी। उसे सदा के लिए छोड़ जाने पर भी माँ ने किसी प्रकार का समझौता नहीं किया था। न उसे माँ के लौटने का इन्तजार था, न बिछोह का दर्द। वह दिन-भर आश्रम के लावारिस बच्चों से पिटता रहता। उसकी शान्त आँखों में एक अजब उदासी थी, न वह किसी से बोलता था,

न किसी से झगड़ता।

झगड़ता भी कैसे? वह बहरा था और बोलता भी क्या? बेचारा जन्म से ही गूँगा था। कृष्णा को यह सबकुछ पता नहीं था। पाँच वर्षों में वह कई बार उसे देखने को व्याकुल हो उठी थी, पर उसने पापा को आश्रम में कभी पैर भी न रखने का वचन दिया था। फिर क्या पता, शायद मर ही गया हो। बेचारी कृष्णा क्या जानती थी कि ऐसे बच्चे, जिनकी मौत की मिन्नतें माँगी जाती हैं, कभी नहीं जाते। जाते हैं वे जिनकी जिन्दगी की भीख के लिए दामन फैलाए जाते हैं। सोमवार को उसे विदेश जाना था। बच्चे का बुखार उतर गया था और वह अपनी रेल से खेल रहा था। पति कहीं गए थे। कृष्णा ने अपनी कार निकाली और उसी दुकान पर पहुँची, जहाँ से खिलौने की रेल खरीदी थी। ठीक वैसी ही रेल खरीदी, एक बड़ा-सा भालू लिया और कई चाकलेटों से बैग भरकर आश्रम की ओर चल पड़ी। थोड़ी दूरी पर कार पार्क कर उतरी तो कलेजा धड़कने लगा। क्या पता, काशीबाई की बदली हो गई हो! साहस कर भीतर गई तो काशीबाई गेट पर ही मिल गई—“ओह तुम! वाह आओ, आओ! दफ्तर ही में बैठें।” हाथ पकड़कर उसे भीतर ले गई। “कहो, आज बहुत दिनों में याद किया।” स्वर का तीखा व्यंग्य कृष्णा के हृदय के घाव पर नमक छिड़क गया।

“आती कैसे! पापा को वचन दिया था।” कहकर कृष्णा ने माथा झुका लिया।

“क्या उसे देखोगी?” बड़ी आत्मीयता से काशीबाई आगे को झुक गई।

सिर झुकाकर कृष्णा ने मौन स्वीकृति दे दी।

“देखो कृष्णा, बुलवा लेती हूँ, पर जरा अपने दिल पर काबू रखना। वह अभागा गूँगा है, ये नौकरानियाँ साली बड़ी हरामी हैं, जरा भी शुबहा होगा, तो ब्लैकमेल करना भी जानती हैं।”

‘पूरनदेई!’ कहकर उसने घंटी बजाई, एक अधेड़-सी जल्लाद औरत आकर खड़ी हो गई। ‘देखो, गूँगा बाबा को ले आओ, बड़ी डाक्टरनी आई हैं। उसकी जबान देखेंगी।’ पूरनदेई चली गई तो संसार की सारी हथौड़ियाँ कृष्णा की कनपटी पर चलने लगीं। रूमाल निकालकर वह पसीना पोंछ रही थी कि ‘चल-चल’ कहती हुई खच्चर की तरह हाँकती पूरनदेई गूँगे को ले आई। वह शायद किसी की मँगनी की कमीज पहने था, जिसकी बाँहें, उसके हाथों से बहुत नीचे लटक रही थीं, या शायद कमीज की लम्बाई महज इसलिए बढ़ा

दी गई थी कि जीर्ण निक्कर ने नीचे के अंगों की लाज ढाँकने से एकदम ही इन्कार कर दिया था। "तैयार क्यों नहीं किया इसे?" सकपकाकर काशीबाई ने पूरनदेई को डाँटा।

"जिद्दी कैसा है यह हरामी! कितना कहा, कपड़े बदल ले, माने तब न।" पूरनदेई आग्नेय दृष्टि से गूँगे को भस्म कर बाहर चली गई। कृष्णा की सजल आँखों में नन्हें राजीव का चेहरा नाच उठा, जिसके सौ-सौ नखरे उठाते हुए वह, आया और उसके पति हार-हार जाते थे। द्वार पर कुंडी चढ़ाकर काशीबाई ने इशारे से गूँगे को नजदीक बुलाया—"आओ बेटा!"

"घम-घम" गूँगे ने किसी महान दार्शनिक की भाँति हँसकर अपनी गूँगी दलील पेश की। जैसे कृष्णा से कह रहा हो—'माँ, इसकी बातों में मत आना, यह बड़ी लबारी है।' कृष्णा ने बेटे की बात समझ ली। ऐसी भाषा केवल माँ ही समझ सकती है। झरझरकर उसकी आँखें बरस पड़ीं। छोटा-सा डीसूजा ही तो खड़ा था। वही संयमी दृष्टि और वैरागी मुस्कान। लपककर उसने गूँगे को खींचकर छाती से लगा लिया। कभी उसकी लटों को चूमती, कभी मैल से काली कलाइयों को। लगता था, चूम-चूमकर ही गूँगे को अपने में भर लेगी।

"अरे, बस भी कर। क्यों गूँगे का सिर फिरा रही है?" अपनी जल्लादी आँखों को और भी कठोर बनाकर काशीबाई बोली। तिलमिलाकर कृष्णा ने उसे छोड़ दिया। मुक्ति पाते ही गूँगा खिलौनों के पास खड़ा हो गया। "ले, सब तेरे हैं।" कहकर काशीबाई ने उसे डिब्बे थमा दिए। गूँगी आँखें चमक उठीं, कभी इंजन को उठाता, कभी रंगीन लाल-हरे रेल के डिब्बों को, कभी ताली बजाता और कभी गोल-गोल घूमकर नाचता—"घम घम मम मम!"

"अब तुम जाओ कृष्णा, बड़ी देर से दरवाज़ा बन्द है, मुई पूरनदेई कहीं द्वार पर ही कान लगाए खड़ी न हो। वाह, अँगूठी तो बड़ी सुन्दर है तुम्हारी!" लालची दृष्टि का सन्देश कृष्णा समझ गई। चट अँगूठी उतारकर उसने काशीबाई को पहना दी और मूक करुण दृष्टि से अपना सन्देश भी दे दिया—'मेरे गूँगे का ध्यान रखना।' फिर हृदय पर पत्थर रखकर वह उठी, एक बार गूँगे को चूमा और तीर-सी बाहर छिटक गई।

सोमवार को वह पति के साथ विदेश चली गई। कुछ ही महीनों में भारतीय सेक्रेटरी की नृत्य-प्रवीणा पत्नी की चर्चा पूरी एम्बेसी में थी। एक बार टेलीविजन पर उसका नृत्य हुआ और एक दिन उसे एक पत्र मिला,

एक गूँगे-बहरे बच्चों की संस्था-संचालिका मदर मारिया का। “क्या वे उनके अभागे बच्चों के सम्मुख अपना मनोहारी नृत्य प्रस्तुत कर कृतार्थ करेंगी!” कृष्णा ने एकदम स्वीकृति दे दी। तीन घंटे तक वह नाचती रही। गूँगे चेहरों पर खुशी की चमक उसके लिए करोड़ों तालियों की गड़गड़ाहट से भी बढ़कर थी। नृत्य समाप्त हुआ और मदर का हाथ पकड़कर एक देवदूत-सा सुन्दर बालक आया और उसे फूलों का गुच्छा भेंट किया।

“धन्यवाद बच्चे, क्या नाम है तुम्हारा?” पूछते ही कृष्णा को अपनी अल्पबुद्धि पर क्रोध आया। “ओह मिसेज त्रिपाठी, यह बेचारा तो जन्म से ही गूँगा है।” मदर ने कहा, “इसकी माँ इसे हमारे आश्रम के द्वार पर डाल गई थी, फिर पलटकर नहीं आई—ईसू उसे क्षमा करे।” मदर ने क्रास बनाया।

कृष्णा एकटक उस बच्चे के सुनहरे माथे को देखती रही। फिर टपटप कर उसके आँसू रत्नजटित वलयों को भिगोने लगे।

“यह क्या मिसेज त्रिपाठी, आप रो रही हैं?” आश्चर्य से मदर ने पूछा और फिर बढ़कर उन्होंने कृष्णा के दोनों हाथों को चूम लिया। “काश, ऐसे ही प्रत्येक मानव दूसरे के दुख-दर्द के लिए रो सकता! एक विदेशी गूँगे बच्चे के लिए आपकी आँखों में आँसू देखकर मुझे कितनी प्रसन्नता हुई, कितनी!”

बेचारी मदर क्या जानती थी कि वे आँसू केवल उस विदेशी गूँगे बालक के लिए ही नहीं थे। वे उसके लिए भी थे जो अपनी दुबली कलाइयों से, खिड़की की सलाखों को जकड़े ही सो रहा था। उसकी छाती से एक मैला-सा कपड़े का भालू चिपका था। उसकी रेल काशीबाई ने आश्रम के खिलौने के कमरे में बन्द कर दी थी। वह कितना रोया था, पर कौन सुनता? आश्रम में, मोटरों में बैठकर, खादी की टोपी लगाए मेहमान आते, बच्चे को साफ कपड़े पहनाए जाते, मिठाई बँटती, पर गूँगा मिठाई फेंककर, अपनी रेल के लिए मचलता रहता। समुद्र की उत्तुंग लहरों को भाँति, नाना तर्क-वितर्कों की लहरें उसके नन्हे-से कलेजे की कछार पर सिर पटक-पटककर व्यर्थ ही लौट जातीं। वह कितना कुछ पूछना चाहता है—मेरी रेल क्यों छीन ली? इतने मेहमान आते हैं, पर वह क्यों नहीं आती जिसने मुझे चूम-चूमकर खिलौने दिये थे? आज मेरी पीठ पर काशीबाई ने बेंत क्यों मारे? मैंने तो पूरनदेई की पीठ पर दाँत ही काटे थे; पर वह जो मुझे रोज-रोज मारती है, उसे बेंत क्यों नहीं पड़े? पर वह अभागा कुछ भी नहीं पूछ सकता। अन्धे बेजान भालू को छाती से चिपकाकर खिड़की के अँधेरे कोने में दुबक गया है, जहाँ थोड़ी

देर तक न उसे काशीबाई ढूँढ़ सकती है, न पूरनदेई। सात समुद्र पार उसकी माँ भी सिसक रही है—शायद उन्हीं लाड़भीनी सिसकियों की लोरी ने गूँगे को भी सुला दिया है। मीठी नींद में डूबा गूँगा, अपने गूँगे सपनों की दुनिया में पहुँचकर खो गया है, वहाँ न काशीबाई है न पूरनदेई। वहाँ तो बस बड़ी-सी बिजली की रेल है, सोने के पेड़ों पर खिलौने झूल रहे हैं, और वही सुन्दर-सी औरत उसे गोद में उछाल-उछालकर चूम रही है।

नींद ही में गूँगा मुस्कराकर भालू को और भी कसकर छाती से लगा लेता।

लाल हवेली

ताहिरा ने पास के बर्थ पर सोये अपने पति को देखा और एक लम्बी साँस खींचकर करवट बदल दी। कम्बल से ढँकी रहमान अली की ऊँची तोंद गाड़ी के झकोलों से रह-रहकर काँप रही थी। अभी तीन घंटे और थे। ताहिरा ने अपनी नाजुक कलाई में बँधी हीरे की जगमगाती घड़ी को कोसा, कम्बख्त कितनी देर-देर में घंटी बजा रही थी। रात-भर एक आँख भी नहीं लगी थी उसकी। पास के बर्थ में उसका पति और नीचे के बर्थ में उसकी बेटी सलमा, दोनों नींद में बेखबर बेहोश पड़े थे। ताहिरा घबराकर बैठ गई। क्यों आ गई थी वह पति के कहने में, सौ बहाने बना सकती थी! जो घाव समय और विस्मृति ने पूर दिया था, उसी पर उसने स्वयं ही नश्तर रख दिया, अब भुगतने के सिवा और चारा ही क्या था?

स्टेशन आ ही गया। ताहिरा ने काला रेशमी बुर्का खींच लिया। दामी सूटकेस, नये बिस्तरबन्द, एयर बैग, चाँदी की सुराही उतरवाकर रहमान अली ने हाथ पकड़कर ताहिरा को ऐसे सँभालकर अन्दाज़ से उतारा जैसे वह काँच की गुड़िया हो, तनिक-सा धक्का लगने पर टूटकर बिखर जाएगी। सलमा पहले ही कूदकर उतर चुकी थी। दूर से भागते, हाँफते हाथ में काली टोपी पहने एक नाटे-से आदमी ने लपककर रहमान अली को गले से लगाया और गोद में लेकर हवा में उठा दिया। उन दोनों की आँखों से आँसू बह रहे थे। 'तो यही मामू बित्ते हैं।' ताहिरा ने मन-ही-मन सोचा और थे भी बित्ते ही भर के। बिटिया को देखकर मामू ने झट गले से लगा लिया, "बिल्कुल इस्मत है, रहमान।" वे सलमा का माथा चूम-चूमकर कहे जा रहे थे, "वही चेहरा-मोहरा, वही नैन-नक्श। इस्मत नहीं रही तो खुदा ने दूसरी इस्मत भेज दी।"

ताहिरा पत्थर की-सी मूरत बनी चुप खड़ी थी। उसके दिल पर जो दहकते अंगारे दहक रहे थे उन्हें कौन देख सकता था? वही स्टेशन, वही कनेर का पेड़, पन्द्रह साल में इस छोटे-से स्टेशन को भी क्या कोई नहीं बदल सका!

"चलो बेटी।" मामू बोले, "बाहर कार खड़ी है। जिला तो छोटा है, पर अल्ताफ की पहली पोस्टिंग यहीं हुई। इन्शाअल्ला अब कोई बड़ा शहर मिलेगा।"

मामू के इकलौते बेटे अल्ताफ की शादी में रहमान अली पाकिस्तान से आया था, अल्ताफ को पुलिस-कप्तान बनकर भी क्या इसी शहर में आना था? ताहिरा फिर मन-ही-मन कुढ़ी।

घर पहुँचे तो बूढ़ी नानी खुशी से पागल-सी हो गईं। बार-बार रहमान अली को गले लगा-लगाकर चूमती थीं और सलमा को देखकर ताहिरा को देखना भी भूल गईं, "या अल्लाह, यह क्या तेरी कुदरत? इस्मत को ही भेज दिया!" दोनों बहुएँ भी बोल उठीं, "सच अम्मी जान, बिल्कुल इस्मत आपा हैं, पर बहू का मुँह भी तो देखिए। लीजिए ये रही अशर्फी।" और झट अशर्फी थमाकर ननिया सास ने ताहिरा का बुर्का उलट दिया, "अल्लाह, चाँद का टुकड़ा है, नन्हीं नजमा देखो, सोने का दीया जला धरा है।"

ताहिरा ने लज्जा से सिर झुका लिया। पन्द्रह साल में वह पहली बार ससुराल आई थी। बड़ी मुश्किल से वीजा मिला था, तीन दिन रहकर वह फिर पाकिस्तान चली जाएगी, पर कैसे कटेंगे ये तीन दिन?

"चलो बहू, ऊपर के कमरे में चलकर आराम करो। मैं चाय भिजवाती हूँ।" कहकर नन्हीं मामी उसे ऊपर पहुँचा आईं। रहमान नीचे ही बैठकर मामू से बातों में लग गया और सलमा को तो बड़ी अम्मी ने गोदी में ही खींच लिया। बार-बार उसके माथे पर हाथ फेरतीं और हिचकियाँ बँध जातीं, "मेरी इस्मत, मेरी बच्ची!"

ताहिरा ने एकान्त कमरे में आकर बुर्का दूर फेंक दिया। बन्द खिड़की को खोला तो कलेजा धक् हो गया—सामने लाल हवेली खड़ी थी। चटपट खिड़की बन्द कर वह तख्त पर गिरती-पड़ती बैठ गई, "खुदाया—तू मुझे क्यों सता रहा है?" वह मुँह ढाँपकर सिसक उठी। पर क्यों दोष दे वह किसी को? वह तो जान गई थी कि हिन्दुस्तान के जिस शहर में उसे जाना है, वहाँ का एक-एक कंकड़ उस पर पहाड़-सा टूटकर बरसेगा। उसके नेक पति को

क्या पता! भोला रहमान अली, जिसकी पवित्र आँखों में ताहिरा के प्रति प्रेम की गंगा छलकती थी, जिसने उसे पालतू हिरनी-सा बनाकर अपनी बेड़ियों से बाँध लिया था, उस रहमान अली से वह क्या कहती?

पाकिस्तान के बँटवारे में कितने पिसे, उसी में से एक थी ताहिरा! तब भी वह सोलह वर्ष की कनक छड़ी-सी सुन्दरी, सुधा! सुधा अपने मामा के साथ ममेरी बहन के ब्याह में मुल्तान आई। दंगे की ज्वाला ने उसे फूँक दिया। मुस्लिम गुंडों की भीड़ जब भूखे कुत्तों की भाँति उसे बोटी-सी चिचोड़ने को थी तब ही आ गया फरिश्ता बनकर रहमान अली। नहीं, वे नहीं छोड़ेंगे, हिन्दुओं ने उनकी बहू-बेटियों को छोड़ दिया था क्या? पर रहमान अली की आवाज की मीठी डोर ने उन्हें बाँध लिया। साँवला, दुबला-पतला रहमान सहसा कठोर मेघ बनकर उस पर छा गया। सुधा बच गई पर ताहिरा बनकर। रहमान की जवान बीवी को भी देहली में ऐसे ही पीस दिया था, वह जान बचाकर भाग आया था, बुझा और घायल दिल लेकर। सुधा ने बहुत सोचा-समझा और रहमान ने भी दलीलें कीं, पर पशेमान हो गया। हारकर किसी ने एक-दूसरे पर बीती बिना सुने ही मजबूरियों से समझौता कर लिया। ताहिरा उदास होती तो रहमान अली आसमान से तारे तोड़ लाता, वह हँसती तो वह कुर्बान हो जाता। एक साल बाद बेटी पैदा हुई तो रहा-सहा मैल भी धुलकर बह गया। अब ताहिरा उसकी बेटी की माँ थी, उसकी किस्मत का बुलन्द सितारा। पहले कराची में छोटी-सी बजाजी की दुकान थी, अब वह सबसे बड़े डिपार्टमेंटल स्टोर का मालिक था। दस-दस सुन्दरी एंग्लो इंडियन छोकरियाँ उसके इशारों पर नाचतीं, धड़ाधड़ अमरीकी नायलॉन और डैकरॉन बेचतीं। दुबला-पतला रहमान हवा-भरे रबर के खिलौने-सा फूलने लगा। तोंद बढ़ गई, गर्दन ऐंठकर शानदार अकड़ से ऊँची उठ गई, सीना तन गया, आवाज में खुद-ब-खुद एक अमरीकी डौल आ गया।

पर नीलम-पुखराज से जड़ी, हीरे से चमकती-दमकती ताहिरा, शीशम के हाथी-दाँत जड़े छपर-खट पर अब भी बेचैन करवटें ही बदलती। हर मार्च की जाड़े से दामन छुड़ाती हल्की गर्मी की उमस लिए पाकिस्तानी दुपहरिया में पानी से निकली मछली-सी तड़फड़ा उठती। मस्ती-भरे होली के दिन जो अब उसकी पाकिस्तानी जिन्दगी में कभी नहीं आएँगे। गुलाबी मलमल की वह चुनरी उसे अभी भी याद है, अम्मा ने हल्का-सा गोटा टाँक दिया था। हाथ में मोटी-सी पुस्तक लिए उसका तरुण पति कुछ पढ़ रहा था। घुँघराली

लटों का गुच्छा चौड़े माथे पर झुक गया था, हाथ की अधजली सिगरेट हाथ में ही बुझ गई थी। गुलाबी चुनरी के गोटे की चमक देखते ही उसने और भी सिर झुका दिया था, चुलबुली सुन्दरी बालिका नववधू से झेंप-झेंपकर रह जाता था, बेचारा। पीछे से चुपचाप आकर सुधा ने दोनों गालों पर अबीर मल दिया था और झट चौके में घुसकर अम्मा के साथ गुझिया बनाने में जुट गई थी। वहीं से सास की नजर बचाकर भोली चितवन से पति की ओर देख चट-से छोटी-सी गुलाबी जीभ निकालकर चिढ़ा भी दिया था, उसने। जब वह मुल्तान जाने को हुई तो कितना कहा था उन्होंने, "सुधा, मुल्तान मत जाओ।" पर वह क्या जानती थी कि दुर्भाग्य का मेघ उस पर मँडरा रहा है? स्टेशन पर छोड़ने आए थे, इसी स्टेशन पर। यही कनेर का पेड़ था, यही जंगला। मामाजी के साथ गठरी-सी बनी सुधा को घूँघट उठाने का भी अवकाश नहीं मिला। गाड़ी चली तो साहस कर उसने घूँघट जरा-सा खिसकाकर अन्तिम बार उन्हें देखा था। वही अमृत की अन्तिम घूँट थी।

सुधा तो मर गई थी, अब वह ताहिरा थी। उसने फिर काँपते हाथों से खिड़की खोली, वही लाल हवेली थी उसके श्वसुर वकील साहब की, वही छत पर चढ़ी रात की रानी की बेल, तीसरा कमरा जहाँ उसके जीवन की कितनी रस-भरी रातें बीती थीं। न जाने क्या कर रहे होंगे, शादी कर ली होगी, क्या पता बच्चों से खेल रहे हों! आँखें फिर बरसने लगीं और एक अनजाने मोह से वह जूझ उठी।

"ताहिरा, अरे कहाँ हो?" रहमान अली का स्वर आया और हड़बड़ाकर आँखें पोंछ ताहिरा बिस्तरबन्द खोलने लगी। रहमान अली ने गीली आँखें देखीं तो घुटना टेककर उसके पास बैठ गया, "अय बीबी, क्या बात हो गई? सिर तो नहीं दुख रहा है? चलो-चलो, लेटो चलकर। कितनी बार समझाया है कि यह सब काम मत करो, पर सुनता कौन है! बैठो कुर्सी पर, मैं बिस्तर खोलता हूँ।" मखमली गद्दे पर रेशमी चादर बिछाकर रहमान अली ने ताहिरा को लिटा दिया और शरबत लेने चला गया। सलमा आकर सिर दबाने लगी, बड़ी अम्मी ने आकर कहा, "नजर लग गई है, और क्या?" नन्हीं नजमा ने दहकते अंगारों पर चून और मिर्च से नजर उतारी। किसी ने कहा, "दिल का दौरा पड़ गया, आँवले का मुरब्बा चटाकर देखो।"

लाड़ और दुलार की थपकियाँ देकर सब चले गए। पास में लेटा रहमान अली खर्राटे भरने लगा तो दबे पैरों वह फिर खिड़की पर जा खड़ी हुई। बहुत

दिन से प्यासे को जैसे ठंडे पानी की झील मिल गई थी, पानी पी-पीकर भी प्यास नहीं बुझ रही थी। तीसरी मंजिल पर रोशनी जल रही थी। उस घर में रात का खाना देर से ही निबटता था। फिर खाने के बाद दूध पीने की भी तो उन्हें आदत थी। इतने साल गुजर गए, फिर भी उनकी एक-एक आदत उसे दो के पहाड़े की तरह जबानी याद थी। सुधा, सुधा कहाँ है तू? उसका हृदय उसे स्वयं धिक्कार उठा, तूने अपना गला क्यों नहीं घोंट दिया? तू मर क्यों नहीं गई, कुएँ में कूदकर? क्या पाकिस्तान के सब कुएँ सूख गए थे? तूने धर्म छोड़ा, पर संस्कार रह गए, प्रेम की धारा मोड़ दी, पर बेड़ी नहीं कटी, हर तीज, होली, दीवाली तेरे कलेजे पर भाला भोंककर निकल जाती है। हर ईद तुझे खुशी से क्यों नहीं भर देती? आज सामने तेरे ससुराल की हवेली है, जा उनके चरणों में गिरकर अपने पाप धो ले। ताहिरा ने सिसकियाँ रोकने को दुपट्टा मुँह में दाब लिया।

रहमान अली ने करवट बदली और पलंग चरमराया। दबे पैर रखती ताहिरा फिर लेट गई। सुबह उठी तो शहनाइयाँ बज रही थीं, रेशमी रंग-बिरंगी गरारा-कमीज, अबरखी चमकते दुपट्टे, हीना और मोतिया की गमक से पूरा घर मह-मह कर रहा था। पुलिस बैंड तैयार था, खाकी वर्दियाँ और लाल तुर्रम के साफे सूरज की किरनों से चमक रहे थे। बारात में घर की सब औरतें भी जाएँगी। एक बस में रेशमी चादर तानकर पर्दा खींच दिया गया था। लड़कियाँ बड़ी-बड़ी सुर्मेदार आँखों से नशा-सा बिखेरती एक-दूसरे पर गिरती-पड़ती बस पर चढ़ रही थीं। बड़ी-बूढ़ियाँ पानदान समेटकर बड़े इत्मीनान से बैठने जा रही थीं और पीछे-पीछे ताहिरा काला बुर्का ओढ़कर ऐसी गुमसुम चली जा रही थी जैसे सुध-बुध खो बैठी हो। ऐसी ही एक साँझ को वह भी दुल्हन बनकर इसी शहर में आई थी, बस में सिमटी-सिमटाई लाल चूनर से ढँकी पर आज था स्याह बुर्का, जिसने उसका चेहरा ही नहीं, पूरी पिछली जिन्दगी अँधेरे में डुबोकर रख दी थी।

"अरे किसी ने वकील साहब के यहाँ बुलौआ भेजा या नहीं?" बड़ी अम्मी बोलीं और ताहिरा के दिल पर फिर नश्तर फिरा।

"दे दिया, अम्मी।" मामूजान बोले, "उनकी तबीयत ठीक नहीं है, इसी से नहीं आए।"

"बड़े नेक आदमी हैं।" बड़ी अम्मी ने डिबिया खोलकर पान मुँह में भरा, फिर छाली की चुटकी निकाली और बोलीं, "शहर के सबसे नामी वकील के

बेटे हैं पर आस न औलाद। सुना एक बीवी दंगे में मर गई सो फिर घर ही नहीं बसाया।"

बड़ी धूमधाम से ब्याह हुआ। चाँद-सी दुल्हन आई। शाम को पिक्चर का प्रोग्राम बना। नया जोड़ा, बड़ी अम्मी, लड़कियाँ, यहाँ तक कि घर की नौकरानियाँ भी बन-ठनकर तैयार हो गईं। पर ताहिरा नहीं गई, उसका सिर दुख रहा था। बे-सिर-पैर के मुहब्बत के गाने सुनने की ताकत उसमें नहीं थी। अकेले अँधेरे कमरे में वह चुपचाप पड़ी रहना चाहती थी—हिन्दुस्तान, प्यारे हिन्दुस्तान की आखिरी साँझ।

जब सब चले गए तो तेज बत्ती जलाकर वह आदमकद आईने के सामने खड़ी हो गई। समय और भाग्य का अत्याचार भी उसका अलौकिक सौन्दर्य नहीं लूट सका था। वही बड़ी-बड़ी आँखें, गोरा रंग और संगमरमर-सी सफेद देह—कौन कहेगा वह एक जवान बेटी की माँ है? कहीं पर भी उसके पुष्ट यौवन ने समय से मुँह की नहीं खाई थी। कल वह सुबह चार बजे चली जाएगी। जिस देवता ने उसके लिए सर्वस्व त्यागकर वैरागी का वेश धर लिया है, क्या एक बार भी उसके दर्शन नहीं मिलेंगे? किसी शैतान नटखट बालक की भाँति उसकी आँखें चमकने लगीं।

झटपट बुर्का ओढ़, वह बाहर निकल आई, पैरों में बिजली की गति आ गई, पर हवेली के पास आकर वह पसीना-पसीना हो गई। पिछवाड़े की सीढ़ियाँ उसे याद थीं जो ठीक उनके कमरे की छोटी खिड़की के पास आकर ही रुकती थीं। एक-एक पैर दस मन का हो गया, कलेजा फट-फटकर मुँह को आ गया, पर अब वह ताहिरा नहीं थी, वह सोलह वर्ष पूर्व की चंचल बालिका नववधू सुधा थी जो सास की नजर बचाकर तरुण पति के गालों पर अबीर मलने जा रही थी। मिलन के उन अमूल्य क्षणों में सैयद वंश के रहमान अली का अस्तित्व मिट गया था। आख़िरी सीढ़ी आई, साँस रोककर, आँखें मूँद वह मनाने लगी—"हे बिल्वेश्वर महादेव, तुम्हारे चरणों में यह हीरे की अँगूठी चढ़ाऊँगी, एक बार उन्हें दिखा दो पर वे मुझे न देखें।"

बहुत दिनों बाद भक्त ने भगवान का स्मरण किया था, कैसे न सुनते? आँसुओं से अंधी आँखों ने देवता को देख लिया। वही गम्भीर मुद्रा, वही लट्ठे का इकबर्रा पायजामा और मलमल का कुर्ता। मेज पर अभागिनी सुधा की तस्वीर थी जो गौने पर बड़े भैया ने खींची थी।

"जी भरकर देख पगली और भाग जा, भाग ताहिरा, भाग!" उसके कानों में जैसे स्वयं भोलानाथ गरजे।

सुधा फिर डूब गई, ताहिरा जगी। सब सिनेमा से लौटने को होंगे। अन्तिम बार आँखों ही आँखों में देवता की चरण-धूलि लेकर वह लौटी और बिल्वेश्वर महादेव के निर्जन देवालय की ओर भागी। न जाने कितनी मनौतियाँ माँगी थीं, इसी देहरी पर। सिर पटककर वह लौट गई, आँचल पसारकर उसने आखिरी मनौती माँगी, "हे भोलानाथ, उन्हें सुखी रखना। उनके पैरों में काँटा भी न गड़े।" हीरे की अँगूठी उतारकर चढ़ा दी और भागती-हाँफती घर पहुँची।

रहमान अली ने आते ही उसका पीला चेहरा देखा तो नब्ज पकड़ ली, "देखूँ, बुखार तो नहीं है, अरे अँगूठी कहाँ गई?" वह अँगूठी रहमान ने उसे इसी साल शादी के दिन की यादगार में पहनाई थी।

"न जाने कहाँ गिर गई?" थके स्वर में ताहिरा ने कहा।

"कोई बात नहीं।" रहमान ने झुककर ठंडी बर्फ-सी लम्बी अँगुलियों को चूमकर कहा, "ये अँगुलियाँ आबाद रहें। इन्शाअल्ला अब के तेहरान से चौकोर हीरा मँगवा लेंगे।"

ताहिरा की खोई दृष्टि खिड़की से बाहर अँधेरे में डूबती लाल हवेली पर थी, जिसके तीसरे कमरे की रोशनी दप-से बुझ गई थी। ताहिरा ने एक सर्द साँस खींचकर खिड़की बन्द कर दी।

लाल हवेली अँधेरे में गले तक डूब चुकी थी।

शिबी

नाम शिबी नहीं था।

नाम था शिवप्रिया, अल्मोड़े के श्मशान-स्थित विश्वनाथ मन्दिर के पुजारी उसके मामा थे। उन्होंने बहुत सोच-समझकर नाम धरा था—शिवप्रिया। सोचा था शायद नित्य शिव का पावन नामोच्चारण माँ के कलुष को धो-पोंछकर बहा देगा, किन्तु पुत्री को नाम लेकर पुकारने का अवसर ही नहीं आया, न जाने किन-किन भयानक, असाध्य रोगों से सड़-गलकर अभागिनी एक ही वर्ष में चल बसी।

शिवप्रिया, मामा के मन्दिर से सटे काठ के मकान में ही उछल-कूदकर बड़ी होने लगी। मामा ने विवाह नहीं किया था, श्मशान के उदासी बाबा से विवाह करने का दुस्साहस भी किसे होता! विश्वनाथ अल्मोड़े का एकमात्र श्मशान घाट है। इसी से आए दिन एक न एक चिता जलती ही रहती। राम नाम सत्य का परिचित स्वर दूर से ही पहचानकर भोली शिबी गँजेड़ी मामा को झकझोरकर उठाती—"मामा उठो, मुर्दा आया।" दूर से ही वह मुर्दे की समृद्धि आँककर मामा को जोश दिलाती—"उठो न मामा, ब्राह्मणों के परिवार का मुर्दा है, देखा नहीं, कैसे धीमे-धीमे 'राम नाम सत्य' कह रहे हैं, सात गैस के लैम्प आए हैं, बाप रे बाप! खूब बढ़िया दुशाला होगा!" वह तालियाँ बजा-बजाकर काठ के हिलते बरामदे में खड़ी होकर जलती चिता को ऐसे उत्साह से देखती जैसे शादी-ब्याह में छूटती आतिशबाजियाँ देख रही हो।

धीरे-धीरे घाट का मनहूस घेरा सिमट जाता और काँख में रेशमी लाल दुशाला दबाए, गालियाँ देते गँजेड़ी मामा घर लौटते—"साले मरते हैं तो रात-आधी रात कुछ नहीं देखते, यह कोई वक्त है मरने का! रात के दो बजे मरके चले आ रहे हैं लाट साहब! उस पर नीयत देखो, तीन कौड़ी का दुशाला

डालकर पच्चीस बरस के पाठे-से लड़के को फूँक गए पांडेजी! लानत है इस बड़े आदमी की नीयत पर! तेरी माँ मरी तो मैंने बनारसी दुपट्टा डाला था। ले रख दे पिटारे में।" दुशाला भानजी को थमा, फिर गाँजे में डूब जाते।

नन्हीं शिवप्रिया, पिटारे से लाल, हरे, सफेद दुशालों को निकाल-निकालकर बिखेर देती। यही उसके मामा की चल-अचल सम्पत्ति थी। कभी एक ओढ़ती, कभी दूसरा, कभी नये दुशाले की पाग बाँधकर दूल्हा बनती, कभी लहँगे की-सी चुन्नट खोंसकर दुल्हन! अन्त में थककर ढेर सारे दुशालों का गुदगुदा गद्दा तैयार कर सो जाती। जीवित और मृत के रहस्यमय भेद ने उसकी भोली बुद्धि को नहीं डँसा था, इसी से परलोक के भय ने उसे त्रस्त नहीं किया।

मामा के चौके में चूल्हा जले या न जले, उसके प्रांगण में यदि चिता नहीं जलती तो वह उदास हो जाती कि आज उसे नये लाल दुशाले का दुपट्टा ओढ़ने को नहीं मिलेगा। धीरे-धीरे मामा को एक दिन लगा कि भानजी का अब श्मशान घाट पर रहना ठीक नहीं है।

उनकी एक मौसेरी बहन नैनीताल में थी, शिवप्रिया को वहीं भेज दिया गया। मौसी का पेशा ऐसा था कि वह उस अप्रत्याशित उपहार से गद्‌गद हो गई, किन्तु गोरी-लम्बी बेंत की छड़ी-सी शिवप्रिया को देखकर उसे भविष्य की कोई आशा नहीं बढ़ी। लड़की बेहद दुबली-पतली थी, आए दिन एक न एक बीमारी उसे घेरे रहती, कभी खसरा होता, कभी चेचक। कुछ नहीं हुआ तो उसकी गोरी नाक ही निरन्तर बहा करती। कोई भी कपड़ा उसके बदन पर नहीं फबता। मौसी देखने में अत्यन्त साधारण थी, किन्तु उसके पास बेंत की-सी लचीली देह की कामधेनु थी। उसके संगीत-नृत्य की चर्चा कुमाऊँ में दिगन्तव्यापी थी। जब उसने शिवप्रिया में सौन्दर्य का अभाव देखा तो उसका दिमाग सँभाल लिया और जब तक दस वर्ष के निरन्तर सुचारु संचालन ने शिबी के दिमाग को घिस-माँजकर परिष्कृत किया तो चेहरे पर स्वयं ही एक अनोखा जादू आ गया। अचानक शिबी साधारण मानसी के स्तर से बहुत ऊपर उठ गई।

सन्ध्या के आगमन के साथ, अगर-धूम की सुगन्ध से हवा बोझिल हो उठती और शिबी अपने तख्त पर गावतकिया लगाकर बैठी सिगरेट फूँकती। देखते-देखते देहली दरबार लग जाता। इस दरबार में रहते, खद्दर की टोपी

घर पर ही खोलकर रख आनेवाले एक-आध नेतागण, बोट-हाउस के समृद्ध बाँके और सुर्ख गाल और साहबी दूधिया रंग के सुदर्शन शाह, जिनकी सीजन के टूरिस्टगणों को निर्मम डाकुओं की भाँति लूट-खसोटकर जोड़ी गई सम्पत्ति की थैली शिबी के स्फटिक गौर चरण-युगल पर रीती होकर धन्य हो जाती, पर जैसे देवमूर्ति के चेहरे पर भक्ति द्वारा अर्पित धन देखकर भी किसी भी प्रकार की हँसी की रेखा नहीं उभरती, शिबी भी भक्तों द्वारा अर्पित पत्र-पुष्प निर्विकार भाव से ग्रहण कर प्रस्तर प्रतिमा-सी ही बैठी रहती।

रामजे अस्पताल के विराट् साये से घिरा एक लाल छत का छोटा-सा मकान है। इस विचित्र शिखराकुल मकान के इर्द-गिर्द नाशपाती और खूबानी के कई पेड़ों का ऐसा घना जाल-सा बिछा है कि नजदीक जाने पर ही मकान दिख पाता है। इसी मकान में शिबी रहने लगी थी। मौसी से उसकी खटपट हो गई थी। आधे भाग में एक ईसाई परिवार रहता था, उन्हीं ने मामूली किराये पर शिबी को दो कोठरियाँ उठा दी थीं। बरामदा साझे का था। एक ओर ईसाई परिवार की मुर्गियाँ दिन-भर फड़फड़ाती रहतीं, दूसरी ओर एक टूटे हाथ की कुरसी पर बैठी शिवप्रिया अपने कटाक्षों के काँटे से सड़क पर चलती निरीह मछलियाँ पकड़ती। नाशपाती और खूबानी की टहनियों के बीच उसकी बड़ी-बड़ी आँखें भी और सरस हो उठतीं और राहगीर न चाहने पर भी आँख उठाकर देखने को बाध्य हो जाते। फिर एक बात और भी थी, वह सड़क नैनीताल की सबसे मुखरा सड़क थी।

ईसाई परिवार में दो जुड़वाँ भाई थे, डेविड और डेनरी। दोनों अंग्रेजी स्कूलों में क्लर्क थे। उनका बाप गिरजे के बड़े पादरी के यहाँ खानसामा था और माँ रामजे अस्पताल में आया थी। इसी से घर में यथेष्ट समृद्धि थी। डेविड और हेनरी दोनों कुँवारे थे और उनकी माँ का कहना था कि जब तक वह कुलच्छनी शिबी उनके यहाँ रहेगी, दोनों आजन्म कुँआरे रहेंगे। शिबी अपने नये घर में बड़ी प्रसन्न थी। गिरजे के पादरी के सुस्वादु डिनर का अधिकांश भाग, पिता-पुत्र की कृपा से शिबी ही उदरस्थ करती। अंग्रेज़ी उबले डिनर और मैकेरोनी ने चेहरे को स्वास्थ्य की लालिमा से रँग दिया। रंग निखर उठा। झुकी गर्दन, सर्पगन्धा के बल खाए फन-सी उठने लगी। डेविड और हेनरी उसे ढेर सारी अंग्रेजी पत्रिकाएँ लाकर देते रहते। शिबी पढ़ी-लिखी नहीं थी, पर मौसी ने उसके दिमाग के पुर्जे ऐसे चमकाकर रख दिए थे कि नये से नया फैशन वह देखते ही दाँतों से पकड़कर चुन लेती। दोनों भाई उसे

एक से एक आला अंग्रेजी चलचित्र दिखाने ले जाते, सिनेमा हाउस के घटाटोप अन्धकार में वह डेविड और हेनरी का हाथ थामे, ग्रेस केली, सोफिया लॉरेन और जीना लोलो ब्रिजिडा के एक-एक कटाक्ष को कंठस्थ करती। घर आकर वह अपने टूटे दर्पण के सम्मुख कंठस्थ पाठ दुहराती तो स्वयं दंग रह जाती।

जुड़वाँ डेविड और हेनरी, दोनों उसे पत्नीरूप में पाने को पागल थे। उन दोनों ने यहाँ तक एक विचित्र समझौता कर लिया था कि वह दोनों में से एक की भी पत्नी बनना स्वीकार कर लेगी तो दूसरा उसे बिना किसी अधिकार के ही पत्नी की पूर्ण मान्यता देता रहेगा। पर शिबी उनके उस उदार प्रस्ताव को दुष्टता से मुस्कराकर टाल देती। डेविड नये से नये अंग्रेजी गाने सीखकर आता और अपनी सधी सीटी के स्वरों में उन गानों का जादू भर के शिबी के सामने फेफड़े निकालकर रख देता, पर वह दोनों होंठ भींचकर कभी इंग्रेड बर्गमेन बन जाती, कभी गाम्भीर्य की लक्ष्मण रेखा से घिरी ग्रेस केली।

कर्नल डिकरी अपनी सुरुचि के लिए पूरे नैनीताल में प्रसिद्ध थे। उनके बेशकीमती सामान की नीलामी हुई तो हेनरी अपने हाथ की घड़ी गिरवी रखकर उसके लिए कर्नल डिकरी का ड्रेसिंग टेबल खरीद लाया। शिबी का कहना था कि उसके छोटे शीशे में उसका चेहरा ही चेहरा दिखता है, ऐसी भव्य इमारत की विभिन्न गुम्बदें और मीनारें अनदेखी ही रह जाएँ, यह भला कैसे हो सकता था! अब शिबी अपनी चोटी से लेकर लाल-लाल एड़ियों तक शौक से निहार सकती थी। आड़ा-तिरछा कर, दोनों जुड़वाँ भाइयों ने अपने सींक-से हाथों से आदमकद आईना लाकर शिबी के कमरे के एक कोने में धर दिया। यही नहीं, हेनरी एक मद्रासी फेरीवाले से एक क्रोशिया का बना गोल मेजपोश भी खरीद लाया। उसे बिछाकर शीशे के एक टूटे गिलास में तीन ग्लैडोलाई के लाल फूल सजाकर आईने में दोनों भाइयों के लम्बोतरे चेहरों के बीच शिबी का गोल-गोल चेहरा, कुन्दकली-सा मुस्करा उठा।

आईने के साथ ही न जाने किन शुभग्रहों ने आकर शिबी के कमरे को घेर लिया। उसके नवीनतम प्रेमियों के क्यू में एक प्रसिद्ध ठेकेदार भी आकर जुट गया। उसी ने उसे टीक और अखरोट की लकड़ी का एक से एक नक्काशीदार फर्नीचर बनवा दिया। शिबी अपने प्रेमियों का चुनाव उसी सलीके से करती थी जिससे कैबिनेट मिनिस्टर चुने जाते हैं। एक की कपड़े की दूकान थी, वह नित्य नवीन साड़ियों के तोहफे लाता था। दूसरा प्रसिद्ध

ड्रेसमेकर था, जो शिबी के ब्लाउज सीने में सुई तोड़कर रख देता था। तीसरा सुनार था, जो अपनी आँखों की जोत को सोने के साथ पिघलाकर आधी-आधी रात तक उसके लिए पहाड़ी कुन्दन जड़ी पचलड़ें तैयार करता था, ऐसी अनोखी पचलड़ें जिनकी सृष्टि कुमाऊँ के सुघड़ सुनार ही कर सकते हैं और वो केवल रत्नगर्भा कुमाऊँ की सुन्दरी ललनाओं की शंख-ग्रीवा पर ही सार्थक हो सकती है। चौथा प्रेमी एक धोबी था, जो शिबी के बाईसगजी लहँगे के पाट और चिकन के डोरीदार दुपट्टों पर कड़ी कलफ लगाकर नैनीताल के आधे धोबीघाट को घेरे रहता। शिबी के प्रेमियों में साहित्यकार भी थे, राजनीतिज्ञ भी, कई प्रसिद्ध प्रौढ़ सर्जन भी थे और तरुण छात्र भी। वह कुमाऊँ की मिस कीलर थी, प्राचीन युग की मेनका। किन्तु वह स्वयं एक ही प्रेमी की वास्तविक प्रेमिका थी। और वह प्रेमी था धरणीधर, जो अंग्रेजी चलचित्रों के नायक की भाँति अपने बालों के सुनहरे फुग्गे को बार-बार एक झटके के साथ पीछे फेंकता रहता और सिगरेट की लम्बी कशें खींचकर, शिबी के कान के पास ही, धुएँ के छल्ले छोड़कर उसका दम घुटा देता। कभी मीठी अंग्रेजी में उसे डार्लिंग पुकारता, कभी हनी।

एक बार वह उसके लिए एक दामी पैडेड ड्रेसिंग गाउन ले आया, जिसे उसके पापा उसकी माँ के लिए अपनी विदेश यात्रा से लाए थे। पर उसकी माँ न तब होश में थी जब वह गाउन आया था, न तब, जब उसे सुपुत्र सूटकेस से तिड़ी कर ले गया। उसके जीवन का अधिकांश समय बोट हाउस में ही बीतता था। गुलाबी रंग के ड्रेसिंग गाउन में, रूई की तहें बिछाकर, विदेशी दर्जी ने मशीन से मिरजई के-से चौकोर सकरपारे काट दिए थे। कमर पर लगे दो गुलाबी फुन्दों को, अपनी गोरी कलाइयों में लपेटकर, शिबी पूरे कमरे में घूम-घूमकर ट्विस्ट करती रही थी और किशोर धरणीधर गिटार पर कोई अंग्रेजी धुन बजाता रहा था। खिड़की के टाट के पर्दे से डेविड और हेनरी की व्यथित जुड़वाँ आँखों ने यह सबकुछ देखा था और दोनों भाई एक-दूसरे के गले से लिपटकर तब तक रोते रहे थे जब तक उनके मुर्गे ने ठीक उनकी टाँगों के बीच आकर बाँग नहीं दे दी।

दूसरे दिन तड़के ही दोनों भाई, रात-भर के अक्षम्य अपराध के लिए अकारण ही अपने औदार्य से स्वयं पिघलकर शिबी को क्षमादान देने उसके कमरे में उपस्थित हुए। वह विदेशी शराब के महँगे नशे में चूर पड़ी थी। कै की खट्टी दुर्गन्ध के बीच से उसे खींचकर दोनों भाइयों ने उसका मुँह धोया,

अपने सस्ते पाउडर की खुशबू से उसके रात के बीभत्स इतिहास पर पर्दा डालने की यथेष्ट चेष्टा की। बड़ी देर में उसने अपनी नशे से बोझिल पलकों की चिलमन उठाई और एक ही अग्निगर्भा दृष्टि की लपट से दोनों भाइयों को भूँजकर रख दिया। "गेट आउट"—नशे में लड़खड़ाती जबान से वह बोली। इसी 'गेट आउट' को दोनों भाइयों ने कितने परिश्रम से उसे सिखाया था। तब क्या पता था कि कभी उन्हीं की बिल्ली उन्हीं से म्याऊँ करेगी।

शिबी का किशोर प्रेमी आधी रात के बाद ही आता था और जंगली बिल्ले की फुर्ती से खिड़की से उचककर छू हो जाता था। उसके पकड़ में आने का प्रश्न ही नहीं उठता था। डेविड और हेनरी ने कैसे-कैसे जाल बिछाए, पर वह हर बार बेदाग निकल गया। यही नहीं, शिबी ने एक दिन दोनों भाइयों को बुलाकर कह दिया कि यदि भविष्य में उन्होंने उसके प्रेमी पर कीचड़ उछालने का प्रयत्न किया तो वे ही मुँह के बल गिरेंगे। "जल में रहकर मगर से बैर करोगे तो फिर भुगत भी लेना," यह कहकर अपने गाउन की रेशमी जेबों में हाथ डाले, अकड़कर वह चली गई थी।

सचमुच मगर नहीं तो मगरमच्छ का पुत्र था धरणीधर। उसके पिता रुद्रदेव कड़े से कड़े शत्रु को दाँतों तले अँगुली दबवा देने की अद्‌भुत क्षमता रखते थे। अटूट वैभव का एकमात्र उत्तराधिकारी धरणीधर ही था। धरणीधर, जिसे उसके अंग्रेजी स्कूल के सहपाठी 'डिकी' कहकर पुकारते थे। ऊँचा अगला गबरू जवान था, रूखी लटों को वह जेब से छोटा-सा कंघा निकालकर सँवारता रहता। उसके कपड़े विदेश से सिलकर आते थे। बाल कटवाने वह देहली जाता था और स्केटिंग में नैनीताल-भर में उसका मुकाबला कोई नहीं कर पाता था। आड़ी-तिरछी बंकिम देहयष्टि को वह रिंक में ऐसे विलक्षण कला-चातुर्य से मोड़-मरोड़ देता कि दर्शक लोट-पोट हो जाते।

अठारह वर्ष की उम्र में ही वह विदेशी आसव के किसी भी अपरिचित पात्र में जीभ डुबोते ही उसका नाम बता देता। बोटहाउस क्लब के फैंसी ड्रेस बॉल में कोई सैलोमी बने या घायल सिपाही, वह अपनी अनोखी छद्मवेशी सज्जा से सबको पछाड़ देता। पिता का अटूट वैभव, समाज-सेविका माँ की अनोखी ख्याति और स्वयं अपना बेजोड़ व्यक्तित्व, उसके लिए अलादीन के तीन चिराग थे। 'खुल जा, सिम-सिम'—कहते ही वैभव के दुर्गम द्वार उसके लिए खुल जाते। भारत के प्रत्येक विश्वविद्यालय को चुनौती देकर जब उसने

बुरी तरह परास्त कर दिया और वे किसी प्रकार की डिग्री से विभूषित नहीं कर सके, तो उसे विदेश भेज दिया गया। तीन वर्ष तक विदेश की विभिन्न शिक्षा-संस्थाओं को धन्य कर, वह खोटे सिक्के की भाँति स्वदेश लौट आया।

बाप ने देखा तो सिर पीट लिया। पहले कपड़े तो ढंग से पहनता था, अब तो तंग मुहरे की पैंट कमर से नीचे लटकी रहती, रूखे बाल हवा में उड़ते, सूरत पर हवाइयाँ बरसतीं—और दिन-रात कमरे में बन्द नशे में डूबा रहता। रात उसकी अपनी थी। माँ ने थोड़ा-बहुत समझाया, पर इधर वे लद्दाख और नेफा के जवानों के लिए अचार-मुरब्बे तैयार कर, ख्याति का टोकरा भर रही थीं, घर के जवान को देखने का समय ही किसे था! बार-बार उन्हें यही लग रहा था कि जितना समय उसे समझाने में व्यर्थ गया, उतने में बीस सेर का मुरब्बा बन जाता। पिता ने हाथ-पैर जोड़े, अपने सफेद बाल दिखाए, कुल की मर्यादा की ओर ध्यान खींचा, पुरखों ने जिस संयम से शिखा-सूत्र की आन को निभाया था, उसका स्मरण दिलाया; पर छूटा तीर जैसे कमान पर नहीं लौटता, हाथ से गया बेटा भी आसानी से नहीं लौटता। एक ही साँस में उन्होंने उसे अंग्रेजी की वे सभी गालियाँ दे डालीं, जो उन्हें याद थीं। पर अंग्रेजी में गालियाँ देकर उनका मन नहीं भरा तो फिर हिन्दी में एक से एक कदर्य गालियाँ देने लगे। थोड़ी देर में उन्होंने सिर उठाकर देखा तो वे अकेले ही गालियाँ दिए जा रहे थे, उनका सुपुत्र चला गया था। उन्हें वे दिन याद आने लगे जब नन्हा धरणीधर उनकी एक डाँट से ही आँखों में आँसू भरकर उनके पास खड़ा होकर कहता था—“अब कभी नहीं करूँगा पापा!” पर जिन आँखों का पानी ही मर गया था उनमें अब पानी आता ही कहाँ से!

बड़ी देर तक रुद्रदेव, घुटनों में सिर डाले सिसकते रहे। लड़का शराब ही पीता तो उन्हें दुख नहीं था, पर कल उनके अन्तरंग मित्र गौरीशाह, शिबी की बातें सुना गए तो वह कटकर रह गए। हो सकता था, शाहजी बातें बना गए हों। ब्राह्मणों की दुर्गति देखकर कुमाऊँ के शाह कब प्रसन्न नहीं होते! पर नहीं, ऐसी बातें हवा में उड़कर नहीं आतीं। शिबी को उन्होंने कई बार देखा था और देखकर उनका रसिक चित्त कई कलाबाजियाँ भी खा गया था। पर उसकी छत पर उन्होंने एक दिन राह चलते अपनी पत्नी का गुलाबी गाउन सूखता पहचान लिया था। तीन दिन तक वे क्लब भी नहीं गए और उदासी का मातम मनाते रहे थे।

पत्नी को पति-पुत्र की कोई विशेष चिन्ता नहीं थी। उन्हें महिला समाज के किसी जलसे में मद्रास जाना था, उसी की तैयारी में लगी रहीं।

उधर शिबी की रासलीला पूरे रंग में थी। डिकी आधी रात से बहुत पहले ही जम जाता था। शिबी के धोबी, सुनार और बजाज प्रेमियों के दल ने विद्रोह का झंडा खड़ा कर दिया था। उनका कहना था कि वे उसके डिकी की बखिया उधेड़कर रख देंगे। शिबी पर उनका भी उतना ही अधिकार था जितना डिकी का। शिबी बन-ठनकर माल रोड पर निकलती तो सीटियाँ बजने लगतीं, आसपास से धोबी, चमार और मोची बड़ी आत्मीयता से आकर उसके कन्धे पर हाथ रख देते। धीरे-धीरे उसने बाहर निकलना भी छोड़ दिया।

डेविड और हेनरी से स्वयं ही पीछा छूट गया। डेविड को टी.बी. हो गई थी, हेनरी भुवाली सेनेटोरियम में उसकी तीमारदारी करता था। बूढ़ा खानसामा उसे देखकर बीच-बीच में सीटी बजा देता था, पर एक दिन उसकी बीवी ने देख लिया और ऐसा तमाचा कसा कि बूढ़े के बचे-खुचे तीन दाँतों से जीभ को सदा के लिए मुक्ति मिल गई।

शिबी डिकी को सचमुच ही प्यार करती थी। पर भोली किशोरी यह नहीं जानती थी कि अपने पेशे में वह पुरुष को खरीद नहीं सकती, उसे स्वयं बिकना होता है। डिकी के पिता रुद्रदेव बड़े क्रूर और छक्के-पंजे के व्यक्ति थे। वह समझ गए कि पुत्र के पैर में गड़े उस गोखरू काँटे को एक ही झटके से निकालकर फेंकना होगा। अब प्रश्न था कि शिकार को झटके से मारें या हलाल से।

हलद्वानी में उन्होंने दो गुंडे पाल रखे थे, महबूब और महमूद। एक इशारा करते ही वे शिबी को काली पार नेपाल की सरहद पर छोड़ आए। फिर उन्होंने पुत्र को सँभाला। अपने साथ वे उसे जावा-सुमात्रा और गोवा-अंडमान की ओर उड़ाते ले गए। अपने व्यापार का चुग्गा दिखाया। अपने वैभव की उदधि में उसे कई डुबकियाँ लेने को बाध्य किया। उन्होंने कहीं पढ़ा था कि पेंग्विन पक्षी अपने बच्चे को बड़ी निर्ममता से चट्टान से धकेलकर उड़ना सिखाता है। ऐसे ही उन्होंने भी अपने पुत्र को गोवा की एक करारी चट्टान से नीचे धकेल दिया। सचमुच ही लड़का एक ही धक्के में उड़ना सीख गया। बाप-बेटे तस्कर विद्या में एक-दूसरे को ही पछाड़ने लगे। लाखों का सोना और घड़ियाँ, फ्रिज और विदेशी शराब अपने भाग्य की नौका में लादकर दोनों भारत लौटे।

एक प्रसिद्ध उद्योगपति की कन्या से पुत्र का विवाह हुआ तो रुद्रदेव ने एक लाख रुपया सुरक्षा कोष में दान दे डाला। लोगों में कानाफूसियाँ चल पड़ीं, इतना रुपया आया कहाँ से? पर पुण्य-यज्ञ की पावन आहुति में आलोचना के लिए स्थान नहीं रहता। उधर सुनार को चौदह कैरट ने अधमरा कर दिया था। दर्जी सीजन में छोले-मटर बेचने लगा था। 'अब किसके ब्लाउज सिलूँ! मेरी आँखों में तो एक ही नाप का नक्शा खिंचा है, भाई'—वह अपने मित्रों से कहता। डेविड भुवाली में घुल रहा था। इधर हेनरी खाँसने लगा था—शिबी के प्रेमियों की पूरी कतार का जनाजा उठ चुका था।

विदेश से रुद्रदेव लौटे तो पुष्पहारों से गर्दन टूटी जा रही थी, कितने सहभोज हुए और कितने उद्‌घाटन! अल्मोड़े के कुष्ठाश्रम का नया महिला वार्ड बना था। लोगों का बड़ा आग्रह था कि रुद्रदेवजी अपने मनोज करों से कुष्ठाश्रम के नये विंग का उद्‌घाटन करें। हँसते-मुस्कराते रुद्रदेवजी वहाँ पहुँचे तो कोढ़ियों ने अपने विकृत हाथों से तालियाँ बजा-बजाकर उनका स्वागत किया। सचमुच कैसे महान थे रुद्रदेवजी! अपंग, घिनौने रोगियों के बीच खड़े होने में उनके चेहरे पर घृणा की एक शिकन भी नहीं उभरी।

अचानक वे महिला वार्ड के नये रंग लगे द्वार पर थमककर खड़े रह गए। द्वार के आर-पार नया रेशमी रिबन टँगा था और एक चाँदी की तश्तरी में नई कैंची लिए खड़ी थी शिबी। यह कैसे आ गई! इसे तो वह नेपाल भेज चुके थे, नेपाल से ही क्या वह यह राजरोग लाई होगी! उन्होंने तश्तरी से कैंची उठाई तो पूरा शरीर सिहर उठा। तश्तरी शिबी की अँगुलियों के ठूँठ ही में सधी थी। जैसे भी हो, पहचानना नहीं होगा, पर ससुरी कहीं कुछ कह न दे। उन्होंने रिबन काटा और आगे बढ़ गए, पर जिस वस्तु को मनुष्य देखना नहीं चाहता, वही उसे बाँध लेती है। प्रकृति का यह कैसा विचित्र नियम है। शिबी ने कुछ नहीं कहा, केवल देखती ही रही। उसका चेहरा पहले से एकदम ही बदल गया था, चमड़ी मोटी पड़कर कटहल के छिलके-सी खुरदरी हो गई थी, रेशमी पक्ष्म झड़ने से आँखें फटी-फटी लग रही थीं।

न जाने कहाँ से आकर, शिबी की अँगुलियों के ठूँठ को पकड़कर एक देवकन्या-सी बालिका खड़ी हो गई। उसकी नीलाभ आँखों ने रुद्रदेव के पाँवों में सहसा बेड़ियाँ डाल दीं। कहीं भी संशय के लिए स्थान नहीं रहा। उसके खानदान की नीली आँखें पिछली चार पुश्तों से अपनी मर्यादा निभा रही थीं।

रुद्रदेव आगे बढ़े, फिर रुके, फिर बढ़े और मुड़ ही गए। अपनी जेब से बटुआ निकाला; उसमें सौ का नोट था और एक, एक रुपये का। कभी एक नोट पकड़ा, कभी दूसरा; फिर नीली आँखों पर दृष्टि पड़ी और सौ का नोट शिबी की नन्हीं बेटी को थमाकर वे लम्बी डगें भरते निकल गए। कोढ़ियों की भीड़ में प्रशंसा की अस्फुट स्वर-लहरी गूँज उठी।

शिबी की नन्हीं बच्ची पूरे कुष्ठाश्रम का खिलौना थी। नोट थमाकर, रुद्रदेव अपनी फियट कार में बैठ गए। डॉक्टर, नर्स और अधिकारीवर्ग से विदा लेकर कार चल पड़ी, तो उन्होंने शान्ति की साँस ली।

कुष्ठाश्रम के अंयार, बाँज और बुरुँश के पेड़ों की पंक्ति को चीरती कार गेट से बाहर निकली तो कार की गुदगुदी सीट पर रुद्रदेव ने लेटकर आँखें मूँद लीं। आँखें मूँदते ही उन्हें अपना क्षणिक औदार्य खल उठा। माना कि एक रुपये का नोट थमाया होता तो मार्ग-भर उनकी आत्मा उन्हें धिक्कारती रहती, पर सौ का पूरा नोट! उन्होंने मन-ही-मन संकल्प किया कि अब दौरे में चलने से पहले दस-पाँच के नोट भी अवश्य रख लिया करेंगे। आज ही बटुए में दस-पाँच के कुछ नोट पड़े होते, तो क्या सौ का पूरा नोट एकसाथ ही ऐसे निकल जाता?

नथ

पुट्टी ने उठकर अपनी छोटी-सी खिड़की के द्वार खोल दिए। धुएँ से काली दीवारों पर सूरज की किरणों का जाल बिछ गया। छत से झूलते हुए छींके में धरे ताजे मक्खन की खुशबू से कमरा भर गया और पुट्टी के हृदय में एक टीस-सी उठ गई--क्या करेगी उस खुशबू का जब उस मक्खन को खानेवाला ही नहीं रहा! ऐसे ही ताजे मक्खन की डली फाफर की काली रोटी पर धरकर खाते-खाते उसके पति ने उसके मुँह में अपना जूठा गस्सा ठूँस दिया था—ठीक जाने के एक दिन पहले। उस दिन भी ऐसे ही खिड़की के पट से चोर-सा उजाला आकर पूरे कमरे में फैल गया था और उसी उजाले के पीछे-पीछे न जाने कहाँ से उसकी सास आकर खड़ी हो गई थी। अपने धृष्ट फौजी पुत्र की बहू को कर्कशा सास ने वहीं चीरकर धर दिया था—"हद है बेशर्मी की भी! हमारे कुमाऊँ की छोकरी होती, तो ऐसी बेशरम थोड़े ही होती! है न तिब्बत की लामानी, इसी से गुण दिखा रही है!" सास के जाने के पश्चात वह कितनी देर तक पति की छाती पर सिर धरे सुबकती रही थी, पर जिस छाती को चीनियों की गोलियों की वर्षा झेलनी थी, वह सुन्दर पत्नी की टेक बनती भी कैसे? गुमान सिंह के जाते ही पुट्टी पर विपत्तियों का पर्वत टूट पड़ा। सास, विधवा ननद और जिठानी की गालियाँ सुनती तो वह जानबूझकर ही बहरी बन जाती—दोनों कानों पर हाथ धरकर इशारा करती कि उसे कुछ भी नहीं सुनाई दे रहा है। विधवा ननद का पर्वताकार शरीर क्रोध के भूकम्प से डोल उठता—"अन्धी, कानी, बहरी लड़कियाँ क्या अभी और बची हैं भौजी, तुम्हारे तिब्बत में? अभी हमारा एक भाई और भी तो है।" वह व्यंग्य-भरे स्वर में चीखकर कहती। अपने दोनों कानों पर हाथ धर अपनी भोली सूरत को और भी भोली बनाकर पुट्टी सधे अभिनय की

मुद्रा में कहती, "क्या करूँ, न जाने क्या हो गया है इन कानों में! हरदम साँय-साँय की आवाज आती है! एकदम बज्जर गिर गया है—निगोड़े कानों में!"

"इतना घमंड था न अपने रूप का! तिब्बत के जादू से हमारे भैया को भेड़ बनाकर रख दिया! इसी से भगवान ने सजा दी! भगवान करे, तुम्हारे कानों पर ही नहीं, पूरे शरीर पर बज्जर गिरे। कुलच्छनी न होती, तो क्या गुमान को लद्दाख जाना पड़ता!"

पुट्टी अपनी हिरनी की-सी तरल दृष्टि से उसे देखकर हँसती रहती जैसे उसकी पुरुष गर्जना का एक शब्द भी उसके पल्ले न पड़ा हो।

माता, भाई, भौजाई और विधवा बहन से लोहा लेकर ही गुमान उसे ब्याह लाया था। अपनी माँ के साथ वह गाँव-गाँव में फेरी लगाकर बिसाती का छोटा-मोटा सामान बेचा करती थी। स्वास्थ्य से दमकते लाल चेहरे पर उसकी तीखी नाक और बड़ी-बड़ी आँखें लामा कन्याओं की भाँति चपटी और छोटी नहीं थीं। कानों में गन्दे पीले सूत में गूँथे फीरोजा और मूँगे झूलते थे। कन्धे से टखने तक झूलते उसके तिब्बती लबादे की ढीली-ढाली बाँहों में वह एकदम ही बच्ची लगती, पर कभी-कभी लबादे की केंचुली उतारकर वह उसकी बाँहों में रहस्यमय सीवन से ढूँढ़-ढूँढ़कर जुएँ मारती और अब लबादे की केंचुली से रहित उसका उन्मुक्त यौवन किसी लपलपाते नाग की भाँति देखनेवाले को डसने दौड़ पड़ता। गुमान ने भी उसे एक दिन बिना केंचुली के देख लिया। ग्राम के चौराहे पर उसकी माँ ने अपनी गन्दी चादर फैलाकर दुकान खोल दी थी। जम्बू, गन्धैणी आदि मसाले की जड़ी-बूटियों के बीच वह स्वयं टाँग पसारकर धूप सेंक रही थी और एक टीले पर बैठी उसकी सुन्दरी पुत्री अपने लबादे की बाँहों से जुएँ बीन-बीनकर मार रही थी। गुमान सिंह छुट्टियों में घर आया हुआ था। सुबह उठकर वह घूमने निकला और माँ-बेटी की हाट के सामने ठिठककर खड़ा हो गया। पुट्टी अपनी सुडौल बाँहों को अपने लबादे की मुर्दा बाँहों से टटोल-टटोलकर जुएँ निकाल रही थी। गुमान को देखा, तो लजाकर उसने हाथ खींच लिए। उसके गालों की उठी मंगोल हड्डियों के बीच गुलाबी रस का सागर छलक उठा। चौड़े माथे पर गोंद की तरह चिपकाई काले केशों की पट्टी से कुछ केश निकलकर हवा में फरफरा रहे थे। जीर्ण कुरते के बटनों की पूर्ति एक बड़ी-सी सेफ्टी पिन लगाकर की गई थी। पर किसी वेगवती नदी के दो पाटों पर बाँधा गया

रस्सी की पहाड़ी पुल जैसे साधारण-सी हवा में काँप-काँप उठता है, उसी भाँति सेफ्टी पिन रह-रहकर काँप रही थी। गुमान अकारण ही चीजों का मोल-तोल करने लगा। कभी मैली चादर पर सजे छोटे आईने में अपनी मूँछ सँवारता, कभी नीले फीरोजा की अँगूठी पहनता और कभी उठाकर तिब्बती घंटियाँ ही टुनटुनाने लगता।

"क्यों बेकार में गड़बड़ करता!" पुट्टी की माँ ने अपनी टूटी-फूटी हिन्दी में उसे झिड़क दिया—"लेना है तो लो, नहीं तो जाओ!"

उसकी युवा पुत्री के आते ही ग्राम के मनचलों की भीड़ जम जाना नित्य का नियम था, पर वह बड़ी खूँखार और रूखी औरत थी। जौ की शराब और भेड़-बकरे के कच्चे गोश्त ने उसका रक्तचाप शायद और भी बढ़ा दिया था। असली और नकली ग्राहक को वह चट से बीनकर फटक देती थी। पर गुमान सिंह को दुबारा झिड़कने का साहस उसे भी नहीं हुआ। उस गोरे तरुण की निर्भीक दृष्टि में कुछ अजीब मोहिनी थी। फिर वह फौजी जवान था—ऐसा फौजी जो एक-दो दिन में ही निर्मम चीनी लुटेरों को भगाने लाम पर जा रहा था। पुट्टी की माँ का मन अकारण ही ममता से भर गया। चीनियों को वह कभी क्षमा नहीं कर पाई थी। उसके इकलौते बारह वर्ष के पुत्र को उन्होंने चीन के किसी स्कूल में पढ़ने भेज दिया था। उसके दमे के रोगी पति को सड़क की बेगार में जोत-जोतकर मार डाला था। उसके हाथी-से विराट् याक को काट-काटकर हत्यारों ने अपनी फौजी टुकड़ी को खिला दिया था और एक दिन भी वह चूकती, तो उसकी पुट्टी को भी उड़ा ले जाते। रात ही रात में वह 'मनी पद्मी हुम्' जपती पुत्री को खींचती, गिरती-पड़ती तिब्बत की सीमा पार कर गई थी। उन्हीं चीनियों को मार भगाने गुमान जा रहा था, इसी से वह उसकी श्रद्धा का पात्र बन गया।

वह नित्य ही उस सराय में पहुँच जाता जहाँ पुट्टी अपनी माँ के साथ रहती थी। पुट्टी उसके लिए मक्खन-नमकवाली गरम तिब्बती चाय और पशमसहित भूने गए भेड़ की रान के बड़े-बड़े टुकड़े तैयार कर लाती। पुट्टी की माँ दोनों पर अपनी छोटी-छोटी आँखों का अंकुश लगाए बैठी रहती। फिर भी न जाने कब पुट्टी के मंगोल कटाक्षों की अर्गला गुमान के हृदय-कपाट पर स्वयं ही लग गई। जाने के तीन दिन पूर्व गुमान ने पुट्टी की माँ के सम्मुख उसकी पुत्री से विवाह का प्रस्ताव रखा, तो वह बड़े सोच में पड़ गई। कुमय्यों के बीच खाली दाल-भात खाकर उसकी तिब्बती बेटी कैसे

जिएगी? बिना जौ की शराब के उसके गले के नीचे रोटी का गस्सा नहीं उतरता और फिर दूध-चीनीवाली चाय भला कौन तिब्बती लड़की घुटक पाएगी? फिर वह गुमान की माँ और विधवा बहन को देख चुकी थी। उस क्रूर बुढ़िया के शासन में उसकी पुट्टी घुल-घुलकर रह जाएगी।

'नहीं!' दृढ़ स्वर में अपना निश्चय प्रकट करने को उसने अपनी गर्दन ऊँची की, तो देखा, गुमान और पुट्टी दोनों दीन याचक की दृष्टि से उसे देख रहे थे। दूसरे ही क्षण पुट्टी की माँ को ग्राम के मनचलों का ध्यान आया जो भूखे व्याघ्र की भाँति पुट्टी को किसी भी क्षण निगल जाने को तत्पर थे। उसने अपनी सहमति दे दी। पर अभी गुमान को अपनी माँ, बहन और बिरादरी से मोर्चा लेना था। माँ ने पहाड़ से कूद जाने की धमकी दी। बहन ने कहा, वह फाँसी लगा लेगी। पर तिब्बत की सुन्दरी कन्या को लाकर जब गुमान पाँच पंचों के सामने सीना तानकर खड़ा हो गया, तो पंच भी सहम गए। पुट्टी के सात्विक सौन्दर्य ने धर्म, जाति और रूढ़ियों की उलझी गाँठें क्षण-भर में सुलझाकर रख दीं। दूसरे ग्राम से पंडित बुलाकर गुमान के युवा मित्रों ने फेरे फिरा दिए और कुछ याकूत, फीरोजे, चाँदी की तीन-चार दँतखुदनियाँ और चार बकरियों के दहेज के साथ जोर-जोर से रोकर पुट्टी की माँ ने उसे सराय से ससुराल के लिए विदा किया। न जाने कितनी गालियों से सास ने उसका वरण किया। जिठानी और ननद उसके विचित्र लबादे का मजाक बनाती ज़ोर-ज़ोर से हँस रही थीं। किन्तु उस बदसूरत लबादे के भीतर जगमगाते रत्न को एक ही व्यक्ति ने पहचाना—और वह था गुमान। वह जितना ही अपनी भोली विचित्र पत्नी को देखता, उतना ही उसके सौन्दर्य में डूबता चला जाता। पुट्टी बहुत कम बोलती और बोलने और हँसने में उसके गालों की ऊँची हड्डियाँ कुछ और भी ऊँची उठ जाती थीं।

गुमान का कमरा बेहद छोटा और अँधेरा था। एक कोने में ताजे खोदे गए मिट्टी से सने आलुओं का ढेर लगा था, दूसरी ओर दो टूटे हल दीवार से टिके थे जिन पर उसकी खाकी वर्दियाँ टँगी थीं। काली दीवार पर एक बड़ा-सा आईना टँगा था, जिसे गुमान मद्रास से खरीदकर लाया था। उसी आईने में युगलप्रेमियों ने एकसाथ अपना चेहरा देखा, तो दिन-भर की कड़वाहट धुल गई। रात को अपनी नवेली पत्नी के लिए गुमान कमरे में ही खाना ले आया, तो वह कटकर रह गई। बार-बार उसने गरदन हिलाकर कमरे में खाने की व्यवस्था पर असन्तोष प्रकट किया, टूटी-फूटी पहाड़ी में अपनी लज्जा

व्यक्त करने की चेष्टा की, किन्तु वह जिधर गरदन फेरती, वहीं उसका सजीला पति उसके मुँह में गस्सा ठूँस देता। पुट्टी अपनी ढीली-ढीली बाँहों में मुँह ढाँकने की चेष्टा कर अपनी तिब्बती भाषा में न जाने क्या बुदबुदाती और गुमान उसकी विचित्र बड़बड़ाहट को दुहराता, तो वह खिलखिला उठती। गुमान होंठों पर अँगुली रखकर उसे इशारे से समझाता—"श्श! धीरे हँसो... बगलवाले कमरे में अम्मा लेटी हैं।" पुट्टी उसके गूँगे आदेश को चट समझ लेती। दोनों नन्दनवन के उन शीतल वृक्षों की स्वर्गिक छाया में थे जहाँ भाषा का कोई बन्धन नहीं रहता। वहाँ केवल एक ही भाषा ग्राह्य है, और वह है हृदय की। दूसरे दिन वह सास के पीछे-पीछे छाया-सी घूमती रही, पर वह एक शब्द भी नहीं बोली। ननद के साथ वह बरतन मलवाने बैठी, तो ननद ने उसकी ओर देखकर पच्च से थूक दिया। पुट्टी की आँखों में आँसू छलक आए। अभी तो उसका पति यहीं था। उसके जाने पर उसकी कैसी दुर्गति होगी!

दूसरे दिन उसकी माँ उससे मिलने आई। पुत्री के कुम्हलाए चेहरे को देखकर उसका जी भर आया। अपनी भाषा में फुसफुसाकर उसने पुट्टी के हृदय का भेद लेने की बड़ी चेष्टा की, पर पुट्टी सिर झुकाए खड़ी रही। कुछ नहीं बोली। उसके पीछे खड़ी उसकी सास और ननद आग्नेय दृष्टि से उसकी माँ को देख रही थीं। किसी ने उससे बैठने को भी नहीं कहा। तब गुमान अपने मित्रों की टोली के साथ शिकार खेलने गया हुआ था। लौटने पर अपनी माँ के अपमान की बात पुट्टी ने अपने ही तक सीमित रखी।

इसी बीच गुमान सिंह के जाने का दिन आ गया। जाने से कुछ घंटे पहले उसने अपने खाकी कुरते में लपेटा गया एक रहस्यमय उपहार पुट्टी को थमा दिया—"पुट्टी, इसमें तेरी पसन्द की एक चीज लाया हूँ, पर अभी मत खोलना, समझी! और अकेले में देखकर इसे आलू की ढेरी के नीचे गाड़कर रख देना।" पुट्टी डबडबाई आँखों से पति के हँसमुख चेहरे को देखती रही। कहती भी क्या? अपने हृदय की व्यथा को वह अपनी ही तिब्बती भाषा में ठीक से व्यक्त कर सकती थी। और उस भाषा के दुरूह शब्द उसका पति कैसे समझता! पतली मूँछों के नीचे पति की मीठी हँसी के सपने देखती बेचारी आलू के ढेर पर सिसकती रही। एकाएक उसे पति के शब्द याद आए—'इसे अकेले में देखना पुट्टी!' हाथ की बादामी थैली को वह भूल ही गई थी। क्या लाया होगा गुमान? काँपते हाथों से उसने पोटली खोली और

चौंककर पीछे हट गई। पोटली से यदि काला नाग भी फन उठाए निकल आता, तो भी वह शायद इतनी नहीं चौंकती। पोटली से उसके पीले गोल चेहरे की परिधि से भी बड़ी पीले चोखे सोने की नथ झकझक दमक उठी। लाल, सफेद और हरे कुन्दन का जड़ाऊ लोलक उसके हाथ का स्पर्श पाकर घड़ी के पेंडुलम-सा डोल उठा। सहसा उसकी आँखें पति के प्रति कृतज्ञता से डबडबा आईं। एक दिन उसने ग्राम के प्रधान की बहू की नई नथ देखकर पति से आलू के इसी ढेर पर बैठकर एक नथ की फरमाइश की थी। हाथ के इशारे से ही उसने अपनी छोटी सुघड़ नासिका के इर्द-गिर्द अँगुली से घेरा खींच-खींचकर भूमिका बाँधी थी। पहले गुमान समझा नहीं था और फिर कैसे ठठाकर हँसा था! आज उसी आलू के ढेर पर नथ झकझक कर रही थी, पर उसे पहनकर बैठेगी तो देखेगा कौन! टप-टप कर उसकी आँखों से आँसू गिरने लगे। न जाने कब उसकी माँ आकर चुपचाप उसके पीछे खड़ी हो गई थी। सास और ननद गुमान को छोड़ने बस-स्टैंड गई थीं। पुट्टी की माँ शायद बाजार करने जा रही थी। माथे पर पोटली की गाँठ बँधी थी। दामाद से वह कल ही मिल ली थी। सुबह से ही पुट्टी के लिए उसका मन न जाने क्यों व्याकुल हो उठा था। सूजी-सूजी आँखों से माँ को निहारकर पुट्टी ने इशारे से नथ दिखाई। पोटली को नीचे उतारकर माँ पुत्री के निकट खिसक आई। नथ हाथ से उठाई, तो उसकी आँखें आश्चर्य से फट पड़ीं।

"बाप रे बाप! कम से कम छह तोले की है पुट्टी! इतना रुपया तेरे आदमी के पास कहाँ से आया?"

"क्या पता, माँ! कह गए हैं, अम्मा से बचाकर जमीन में गाड़ देना।"

पुट्टी की माँ की आँखों में समधिन के प्रति घृणा उभर आई—"ठीक ही तो कह गया। चुड़ैल अपनी बेटियों को दे देगी। ला...ला, जल्दी से कुछ ला, गाड़कर रख दूँगी, नहीं तो फिर बुढ़िया आ जाएगी। पर एक बार पहन तो बेटी, मैं भी देखूँ! ऐसी नथ और ऐसा तेरा रूप—एक बार तो देख जाता अभागा!"

सुन्दरी पुत्री के सौम्य चेहरे पर नथ की शोभा देखकर उसकी आँखें भर आईं। डलिया में धरे टूटे दर्पण को निकालकर पुट्टी ने चटपट अपना चेहरा देखा, तो स्वयं लाज से लाल पड़ गई—"छिः, कहीं भी अच्छी नहीं लग रही हूँ!" ऐसा कहकर वह माँ से अपने सौन्दर्य की स्तुति बार-बार सुनना चाह रही थी।

"तू अच्छी नहीं लग रही है, तो कौन अच्छी लगेगी, तेरी खूसट सास? अच्छा, ला, उतार नथ। मैं चट से गाड़ दूँ। ऐसी चीज क्या बार-बार बनती है!"

जब तक पुट्टी की सास और ननद लौटीं, माँ-बेटी ने दो हाथ गहरा गड्ढा खोदकर नथ को गाड़ दिया था। नथ का इतिहास माँ-बेटी तक ही सीमित रह गया। फिर धीरे-धीरे युद्ध की दारुण विभीषिका में पुट्टी भटककर रह गई। भाँति-भाँति के भयावने समाचार सुनकर वह तड़पकर रह जाती। कभी सुनती, कुमाऊँ के असंख्य वीर जवानों के पावन रक्त के अबीर से नेफा और लद्दाख के वन-वनान्त रँग गए हैं। कभी सुनती, नृशंस चीनी हत्यारों ने चारों ओर से घेरकर कुमाऊँ रेजीमेंट की एक पूरी टुकड़ी को मोर्टार तोपों से भून दिया है। भूखी-प्यासी वह कभी स्कूल के हेडमास्टर के रेडियो से कान सटाकर बैठ जाती, कभी बिलख-बिलखकर रोने लगती। हिन्दी वह ठीक से समझ नहीं पाती थी और ठीक से न समझे जाने पर युद्ध के भयावने समाचार उसे और भी भयानक लगते। सास दिन-भर बड़बड़ाती—"कुलच्छनी रो-रोकर कैसा अशगुन कर रही है...!"

बहुत दिनों तक गुमान की कोई चिट्ठी नहीं आई और फिर एक दिन एक तार आया—"कुमाऊँ रेजीमेंट का गुमान सिंह दुश्मन की गोलियाँ झेलता हुआ आखिरी दम तक अपनी चौकी पर डटा रहा। अन्त में जाँघ में गोला फटकर लगने से वह वीरगति को प्राप्त हुआ।"

जब उसकी सास और ननद, छातियाँ पीट घायल हथिनी-सी चिंघाड़ रही थीं तब पुट्टी शान्त प्रस्तर प्रतिमा-सी आलुओं के ढेर पर बैठी थी। वही आलुओं का ढेर उसके प्रेम का ताजमहल था। उसी ढेर पर सौभाग्य ने उसका वरण किया था और आज वही वैधव्य का विषधर उसे डँस गया था। एक-एक आलू के साथ सहस्र स्मृतियाँ लिपटी पड़ी थीं। आलुओं की मिट्टी पर गुमान ने जाने के एक दिन पहले अपना और पुट्टी का नाम अँगुली से लिख दिया था। नाम के उसी घेरे को पुट्टी एकटक देख रही थी। पुट्टी की माँ बिलखती आई, पर पुट्टी को देखकर स्तब्ध रह गई। यह तो पुट्टी नहीं, जैसे स्वयं तिब्बत के मठाधीश बड़े लामा बैठे थे। उसकी आँखों में एक भी आँसू नहीं था। स्थिर दृष्टि उठाकर उसने अपनी माँ को देखा।

"पुट्टी, मेरी बच्ची, मेरे साथ घर चलेगी?" वह अपना चेहरा उसके पास सटाकर बोली।

"नहीं...नहीं, मैं यहीं रहूँगी।" आलुओं की ढेरी को ममता से देखकर पुट्टी ने मुँह फेर लिया।

पुत्र की मृत्यु ने उसकी सास को जीती-जागती तोप बना दिया। वह दिन-रात आग उगलती, पर पुट्टी पत्थर बन गई थी। रोज रात को वह पति की वरदी सूँघती, माथे से लगाती और फिर छाती से लगाकर आलुओं के ढेर पर लेट जाती। जिधर करवट बदलती, उधर ही वरदी को भी यत्न से लिटा देती और धुएँ से काली छत को देखती रहती।

एक दिन उसने सुना, उसके ग्राम से सत्रह मील दूर की तहसील पर कमिश्नर साहब आए हुए हैं और गाँव की स्त्रियों से सोना माँग रहे हैं। सोना जमा कर देश के लिए गोलियाँ खरीदी जाएँगी, बारूद आएगा और उसी गोला-बारूद से चीनियों से लोहा लिया जाएगा।

"पर किसके पास होगा इतना सोना?" पुट्टी ने सुना, उसकी सास अपनी पुत्री के कह रही थी—"हमारे दरिद्र गाँव में तो दो बेला एक मूठ अन्न भी नहीं जुटता। मेरे पास तो दस तोले की नथ है, पर क्यों दूँ! इन्होंने ही तो मेरा बेटा छीन लिया!"

पुट्टी मन-ही-मन सास पर झुँझला उठी। इस बुढ़ापे में भी नथ का लोभ नहीं गया! उसकी आँखें सहसा अँधेरे कमरे में जुगनू-सी चमकीं। उसके हाथ स्वयं ही टटोल-टटोलकर आलुओं के ढेर को हटाकर मिट्टी खोदने लगे।

गाँव की तहसील में बड़ी भीड़ थी। कमिश्नर साहब ने अपने बन्द गले के अफसरी कोट के बटन खोलकर बड़ा जोशीला भाषण दिया। उसमें उन्होंने यह भी उल्लेख किया कि किस प्रकार उसकी पत्नी ने अपनी गले की चेन खोलकर स्वेच्छा से रक्षा-कोष की झोली में डाल दी थी।

सभा में एक अजीब़-सी स्तब्धता थी। तभी भीड़ को चीरकर एक तिब्बती किशोरी बढ़ गई। उसके फटे लबादे की बाँहों से उसकी बताशे-सी सफेद कुहनियाँ निकल आई थीं। तेजी से चलने के कारण वह अभी भी हाँफ रही थी। ललाट पर पसीने की बूँदें उसके चम्पई रंग को और भी मनोहारी बना रही थीं। जल्दी से हाथ की खाकी पोटली को कमिश्नर की थैली में डालकर वह भीड़ में खो गई। न उसे अपनी उदारता की घोषणा करने का अवकाश था, न कोई कामना। कमिश्नर-महिषी की पतली आधे तोले की चेन नई सोने की नथ की कुंडली के नीचे न जाने कहाँ खो गई! बातों के धनी

कमिश्नर की सतर मूँछों को पुट्टी के आकस्मिक आगमन ने सहसा खींचकर नीचा कर दिया। अपनी पत्नी के सामान्य दान की ऊँची घोषणा का खोखलापन उन्हें स्वयं धिक्कार उठा। क्या वह पतली चेन उनकी पत्नी का एकमात्र आभूषण था? उनका सौ तोला सोना तो स्टेट बैंक के लॉकर से लाकर स्वयं उनकी माँ ने कहीं गाड़ दिया था। "युद्ध के दिनों में भला बैंक में सोना कौन धरेगा, बेटा!"—माँ ने कहा था। काँपते कंठ से उन्होंने भीड़ को सूचित कर दिया—"एक अज्ञात महिला अभी-अभी यह नथ दे गई हैं। भीड़ में वह जहाँ कहीं भी हों, आकर इसकी रसीद ले जाएँ।"

हाथ में पकड़कर उन्होंने नथ उठाकर भीड़ को दिखाई। तिलमिलाते रौद्र की प्रखर किरणों में नथ झक-झक कर उठी।

भीड़ से कोई भी महिला उठकर रसीद लेने नहीं आई, केवल नथ ही चमक-चमककर पुट्टी के सात्विक दान की रसीद अपने सुनहले अक्षरों में स्वयं लिख गई।

गहरी नींद

अरथी के पीछे औरतें आमतौर पर कभी नहीं रहतीं, पर उस मिट्टी के पीछे औरतों का पूरा दल सिर झुकाए चला जा रहा था। कोई बुरी तरह सिसकियाँ भर रही थी, किसी की आँखें और नाक रो-रोकर लाल हो आई थीं। दो-तीन काँपते बेसुरे स्वर में रामधुन गाती-गाती फिर सिसकती जा रही थीं। खबर पाते ही उमा यादव का पूरा आश्रम उलट पड़ा था। नहीं आई तो केवल अख्तरी—वह अख्तरी जिसे कितनी प्राणान्तक साधना से उमा साध पाई थी। पहले दिन वह पकड़कर आश्रम में लाई गई तो उमा पर टूट पड़ी थी। अपने लम्बे, गन्दे नाखूनों से उसने उमा की हथेली का पूरा मांस नोच लिया था। हर तीसरे दिन उसे हिस्टीरिया का दौरा पड़ता तो वह चीख-चीखकर पूरा आश्रम सिर पर उठा लेती। लिखने को कापी दी जाती तो फाड़कर दूर फेंक देती। पेन्सिल को दातौन की भाँति चबा-चबाकर धज्जियाँ उड़ा देती। पर चतुर रिंग मास्टर जैसे सर्कस की खुली सिंहनी को भी साध लेता है, वैसे ही उमा यादव ने भी अख्तरी को साध लिया था। कभी उसे बड़ी लगन से उन सती-लक्ष्मियों की कहानियाँ सुनाती जिन्होंने अपना जीवन उत्सर्ग कर पति को मृत्यु-पथ से खींच लिया था। किन्तु अख्तरी केवल ही-ही कर खीस निपोर देती। उसका क्या एक ही पति था? मुहल्ले-टोले के कम-से-कम तीन दर्जन युवा, प्रौढ़ और खूसट पतियों के हृदय उसकी नन्हीं मुट्ठी में दिन-रात बन्द रहते थे। उस पर उसका गाँजे, अफीम, चरस का धन्धा भी था—कभी चोली के भीतर छिपाकर ले जाती, कभी लहँगे के नेफे में। क्या मजा आता था दिन-रात रेलगाड़ी के सफर में! हर स्टेशन पर वह कुछ न कुछ चुगती रहती। इसी से वह आश्रम में हरी किनारी की मोटी धोती पहन, चने की दाल खा-खाकर ऊबने लगी थी। घर में उसके बैंजनी रेशम का गरारा, रश्के-मुनीर

में तर, डालडा के टिन में ज्यों का त्यों धरा होगा। उसका पति बशीर भी उसके धन्धे का साझीदार था। वह अन्धा भिखारी बन जाता और अख्तरी उसकी लाठी थामे गोंडा, बस्ती, गोरखपुर, नेपाल रोड तक अपने लहँगे के अभेद्य घेरों में अफीम-गाँजा छिपा-छिपाकर पहुँचाती। पाप का मूलधन इतना बढ़ चुका था कि चाहने पर वह आराम से घर बैठे भी काम चला सकती थी, पर तृष्णा बढ़ती जा रही थी।

एक दिन गोंडा स्टेशन पर दोनों पकड़े गए। पति और भी कई जुर्मों से फरार हुआ, घुटा गुंडा था। पुलिस ने उसे जेल पहुँचा दिया। किन्तु अख्तरी की भोली-मासूम सूरत देखकर उसे पहुँचा दिया गया—उमा यादव के 'होम फॉर फालेन वीमन' में। जिस धैर्य और लगन से उमा ने उसे कीचड़ से निकाल दिया, वह वास्तव में सराहनीय था। वह प्रायः सबसे कहती—"यह मेरा प्राइज केस है।" आश्रम देखने आनेवाले बड़े-बड़े खद्दरधारी ऋषि-मुनियों का मन भी वह मेनका डुला देती। अख्तरी का आकर्षण उसके चेहरे का नहीं, उसकी देह का था। वह छोटे कद की थी, किन्तु उसका प्रत्येक अवयव उसी कद के अनुसार गढ़ा गया था। छोटी-सी नाक पर वह एक बड़े-से नग की लौंग पहने रहती थी। दोनों होंठ थे रसीले और खूब मोटे—ऐसे होंठ जो कलाकार को नहीं, प्रणयी पुरुष को प्रिय होते हैं। आँखें बादाम के आकार की थीं, और पुतलियाँ थीं भूरी। शायद उन्हीं भूरी आँखों के कंट्रास्ट में उसके बदन पर उसकी लाल फूलदार कुरती बड़ी फबती थी। कुरती की देहाती सिलाई से असन्तुष्ट होकर अख्तरी ने उसे आश्रम की मशीन से चुस्त कर लिया तो उमा ने उसे डाँटा भी था। "ढीला कपड़ा हमसे नहीं पहना जाता"— मचली बालिका की भाँति उत्तर देकर वह काम में लग गई थी। सचमुच कुरती ही नहीं, उसके पूरे शरीर का एक-एक पेंच बड़े कायदे से कसा है। उसकी दोनों आँखों में किसी को कुछ न समझनेवाली रस्सी की-सी ऐंठ थी—ऐसी ऐंठ जो जलकर भी नहीं जाती। वह दोनों हाथ पीछे बाँधकर शायद इसलिए चलती थी कि देखनेवाले की दृष्टि में उसकी बाँहें तक व्याघात न डालें। वह धोती पहनने को किसी प्रकार भी राजी नहीं हुई तो हारकर उसे घेरोंवाला छींटदार लहँगा सिला दिया गया। अपने लहँगे से अपनी ठोढ़ी पोंछने या झूठ-मूठ माथे का पसीना पोंछने का उपक्रम कर आश्रम के चौकीदार-माली की ओर कटाक्ष करते उमा ने उसे एक बार रँगे हाथों पकड़ लिया था। अख्तरी अपनी आदत से लाचार थी, पुरुषों में बैठना ही उसे अच्छा लगता

था। स्त्रियों की ईर्ष्या-द्वेष-भरी ओछी बातें सुनते ही उसका खून खौलने लगता। उसे याद आते—रेल के हिचकोले, स्टेशन पर बिकते छोले, पान-बीड़ी-सिगरेट, लहँगे के नेफे में भरी अफीम जो गन्तव्य पर पहुँचते ही सोना उगल देती और फिर सबसे कड़वी-मीठी स्मृति अपने असंख्य प्रेमियों की।

यहाँ उसकी सब साथिनें एक से एक थीं। साढ़े पाँच फुट की भीमकाया, सोलह वर्ष की जट्टिनी हरदीप जिसने गँडासे की एक ही चोट से पति का सिर काटकर दूर फेंक दिया था, किसी सबूत के न मिलने पर छोड़ दी गई थी और ससुरालवाले उसे आश्रम में पहुँचा गए थे; छरहरे शरीर की स्वदेश कुमारी जिसे डाकू उठाकर ले गए थे, पर तीन दिनों तक भूखी-प्यासी जंगल फाँदती वह फिर पति-गृह पहुँच गई थी; किन्तु अभागी को घर में प्रवेश नहीं मिला था; तीसरी तेरह वर्ष की अहीर कन्या फूलमती जो किसी चकले से पकड़कर लाई गई थी। और भी न जाने कितनी कानी, लूली, लँगड़ी, विकृत मस्तिष्क और व्यक्तित्व से पंगु स्त्रियाँ प्रेत-मूर्तियों की भाँति उमा को दिन-रात घेरकर सिलाई की मशीनों से विचित्र आकार के कुरते, पाजामे और सलवारें सीतीं। पर उस महाश्मशान की कापालिक थी उमा। उसने उन सब विचित्र डाकिनियों-शाकिनियों को जीत लिया था और आश्चर्य यह था कि उसने उन्हें जीता था क्षमा और अहिंसा के सिद्ध कवच से। सुबह उठते ही वह उन्हें दूर तक घुमाने ले जाती। लौटकर सब चक्कियों में अनाज पीसतीं। फिर शुरू होता उमा का सबसे बड़ा सिरदर्द—उन्हें पढ़ाना। हरदीप पिछले एक वर्ष से केवल 'अ' लिखना सीख रही थी। अख्तरी नजर बचाकर कापी के पन्ने फाड़, हवाई जहाज बनाकर खिड़की से बाहर उड़ा देती। इसके अतिरिक्त वह अपनी ही नहीं, अपनी सहपाठिनियों की भी बीसियों पेन्सिलें चबा चुकी थी। फूलमती ने पढ़ना सीख लिया था, पर वहं सबके पैसे चुराकर चौकीदार से किस्सा सारंगा और तोता-मैना मँगाकर पढ़ती पकड़ी गई थी; इसी से उमा ने स्वेच्छा से ही उसकी शिक्षा की प्रगति रोककर उसे रोटी बनाने का काम सौंप दिया था।

ऐसे वातावरण में भी उमा उनके संसर्ग के कलुष से अछूती थी। उसकी सहिष्णुता ने उसके कमनीय चेहरे को और भी सलोना बना दिया था। उमा यादव सुन्दरी होकर भी कुँआरी थी, यह संसार के लिए आश्चर्य का विषय था। पर उमा ने कौमार्य की फाँसी का फन्दा स्वेच्छा से ही गले में नहीं डाला था। पहले जब तक उसके विधुर पिता जीवित थे, एक से एक रिश्ते आते

रहते थे, पर उसके पिता की पसन्द और ओहदा, दोनों ऊँचे थे। ऐसे पिता की पुत्री का विवाहाकाश प्रायः ही मेघाच्छादित रहता है। पिता की मृत्यु के पश्चात उसके विवाह का प्रसंग उठानेवाला भी कोई नहीं रहा। धीरे-धीरे उसके चेहरे का आकर्षण घटने लगा। जैसे नेनुए की कोमल त्वचा में पकने पर एक झिल्ली पड़कर सारी मिठास सोख लेती है, उमा की कंचन-सी देह में भी झिल्ली पड़ गई। मोटे फ्रेम के चश्मे ने कर्णचुम्बी आँखों का और सुडौल तीखी नाक का सौन्दर्य चपटा कर दिया था, पर उजड़ जाने पर भी दिल्ली दिल्ली ही थी।

अख्तरी के जुर्म वट की शाखाओं की भाँति थे, पूरे उत्तर प्रदेश में फैले हुए, इसी से कोई न कोई पुलिस अधिकारी तहकीकात करने प्रायः आश्रम पहुँच जाते। एक दिन आ गया स्वयं डिप्टी पुलिस सुपरिन्टेन्डेन्ट, साढ़े छह फुट का रवीन्द्र पंडित। बाप-दादा वर्षों पहले कश्मीर छोड़कर उत्तर प्रदेश में बस गए थे, पर उनके वंश के रूप-रंग ने कश्मीर को नहीं छोड़ा था।

"कहिए, मैं आपकी क्या सेवा कर सकती हूँ?" उमा यादव ने अपनी दोनों पुष्ट बाँहें मेज के आसपास रखकर पान का पत्ता-सा बना लिया था। अपना चश्मा वह उस दिन कहीं उतारकर भूल गई थी। बिना चश्मे के वह बहुत ही मासूम लगने लगती थी। डाकुओं के सन्धान से, घने जंगलों से लौटे उस पुलिस अधिकारी का मन अचानक एक अश्लील उत्तर देने को छटपटा उठा, पर दूसरे ही क्षण प्रश्न पूछनेवाली अफसरी मुद्रा ने उसे सहमा दिया।

"कुछ नहीं, मैं यही पूछने आया था कि अख्तरी आपको परेशान तो नहीं कर रही है? आपसे न सँभले तो हम उसे ठीक कर लेंगे।" स्वर का अहंकार चेहरे के लाल रंग से ठीक मेल खा रहा था। पुलिस का वरदी में तो काग-भगोड़ा भी खिल उठता है, फिर रवीन्द्र पंडित तो वास्तव में सुदर्शन था।

"नहीं, ऐसी कोई बात नहीं है, धन्यवाद! मुझे आज्ञा दें... मुझे एक आवश्यक कार्य से बैंक जाना है।" वह बड़ी ही रुखाई से पल्ला झाड़कर उठ गई तो रवीन्द्र को लगा कि वह वर्षों का भूखा है और कोई उसके सामने से छप्पन व्यंजन-भरा थाल खींचकर भाग गया है। पर वह भी हार माननेवाला नहीं था। भिंड और मुरैना की गहन वन-कन्दराओं में उसने खूँख्वार डाकुओं को घेरा डालकर भून दिया था। डाकुओं की अन्तिम पकड़ के लिए वह जिस कूटनीति से अपना घेरा क्रमशः छोटा कर लेता था, उसी प्रकार उसने उमा

यादव के इर्दगिर्द अपना घेरा और जटिल कर लिया। वह अपनी दोनों मातृहीना बच्चियों को उनके ननिहाल से ले आया। दोनों लड़कियाँ बहुत प्यारी थीं। एक दिन वह उन्हें लेकर आश्रम पहुँच गया। फिर तो वे दोनों उमा आंटी के पास ही रहने लगीं। पहले छोटे-से जिले में दबे स्वरों में कानाफूसियों का क्रम चला। मालकिन की आड़ में आश्रम की मनचली सदस्याओं ने अनुशासन की जंजीर स्वयं ढीली कर ली। तहकीकात हुई, असेम्बली में प्रश्न हुए, रवीन्द्र की तरक्की रोक दी गई, पर उसे उसकी वांछित पदोन्नति मिल गई थी—उमा यादव से उसने विवाह कर लिया।

उमा और उसकी पिछली दोनों पत्नियों में धरती-आकाश का अन्तर था। पहली तो एकदम फूहड़ थी। उसकी मृत्यु के तीसरे माह ही दूसरी आई। वह थी ठसकेदार। पुलिस के सन्तरियों को वह अपनी गृहस्थी की कवायद में जोते रहती। कोई मटर छीलता, कोई बाग सींचता, कोई बच्चों को घुमाता और कोई गट्ठर कपड़े धोता। प्रत्येक कुशल पुलिस अफसर की पत्नी की भाँति उसने पति के उत्कोच विभाग का पद स्वयं ग्रहण कर लिया था। किस थानेदार के गाँव में शुद्ध घी मिलता है, किसकी ससुराल देहरादून में है और वह एकसाथ कितना बासमती चावल ला सकता है, यह सब उसे पता रहता। पर अचानक एक दिन उसे यही बासमती ले बैठा।

उमा यादव ने आते ही पति की अव्यवस्थित गृहस्थी को अपने दक्ष हाथों में ले लिया। शीशम के दो जहाज-से पलंगों को उसने गोदाम में फिंकवा दिया। पिछले जीवन के प्रत्येक स्मृति-चिन्ह को वह कुशलता से मिटा देना चाहती थी। पति के साथ खिंचवाई गई दो सौतों की रंग-उड़ी तस्वीरों को उसने एक ही झटके से गायब कर दिया। एक ही सप्ताह के भीतर दोनों पुत्रियों को वह नैनीताल के एक अंग्रेज़ी बोर्डिंग हाउस में रख आई तो समाज में उस पर थुड़ी-थुड़ी की; किन्तु उन्हें भेजने के पीछे उसके हृदय में कोई दुर्भावना नहीं रही थी। मातृहीना बच्चियाँ अनावश्यक दुलार से बिगड़ती जा रही थीं। सचमुच ही एक वर्ष में उनकी नम्रता और शालीनता देखकर उनकी नानी ने भी दाँतों-तले अँगुली दबा ली। उसके पति के अहाते में स्वीट पी और लिली महकने लगीं। बँगले की सामने की दीवार पर वर्षों से कोई कलामर्मज्ञ 'गुप्त रोगों का बिजली द्वारा इलाज' और 'जालिम लोशन' का इश्तिहार बड़ी तत्परता से लिख जाता था, उस पर स्वयं अपने हाथों से गेरू लगाकर उमा ने

बोगनबेलिया की बेल चढ़ा दी; क्योंकि ऐसे विज्ञापनों की स्याही बड़ी जिद्दी होती है और गेरू भी गुप्त रोगों के अस्तित्व को नहीं मेट सका था।

बँगले को, बच्चियों को, यहाँ तक कि घर की बिगड़ैल भैंस तक को उमा ने साध लिया था, पर एक व्यक्ति को वह नहीं साध सकी, वह था गृह का स्वामी। सात डाकुओं को मारकर, उनकी छाती पर बन्दूक रखकर खिंचवाई गई पति की जिस तस्वीर के पौरुष पर वह रीझी थी, वह तस्वीर से भी कहीं अधिक खूँख्वार था। अपने हृदय के रत्न को वह पुलिस-विभाग की गन्दगी में कब का खो चुका था। पीना उसका स्वभाव था। हृदयहीनता उसके रक्त-मांस में बस गई थी। कोई ऐसा दुर्व्यसन नहीं था जो उसे नहीं हो। घूस लेने में कोई पार नहीं पा सकता था। बड़े-बड़े नेताओं, विद्रोही दल के कीमती यजमानों का वह एकमात्र पुरोहित था। उसके ओहदे की आड़ में लाखों की चरस और गाँजा एक सीमा से दूसरी सीमा को लाँघ जाता था।

तीसरी पत्नी पर पहले तो वह भूखे व्याघ्र की भाँति टूट पड़ा, पर धीरे-धीरे वह भी बासी लगने लगी। उमा उसकी दोनों बच्चियों को बेहद प्यार करती थी, पर उसके पति का कुटिल स्वभाव उसके इस लाड़ की भी कोई कैफियत स्वीकार नहीं करता था—कोई बात न होती तो आज तक कुँआरी कैसे रहती? कई बार उसने छल-बल से अपनी सुन्दरी पत्नी के विगत जीवन का परदा उठाकर झाँकने की चेष्टा की, किन्तु वह शान्त दृष्टि से पति को देखकर चुप रहती। उसकी इसी चुप्पी पर वह कुढ़कर रह जाता। उमा की आहत दृष्टि में कामुक, वहमी पति के लिए करुणा और क्षमा का जो सन्देश रहता, वह पढ़ नहीं पाता।

अपनी सौत के मायके में उमा ने अनधिकार प्रवेश पाकर भी सबको जीत लिया था। सौत की विधवा माँ के लिए बढ़िया टसर की सफेद साड़ी, भाभियों के लिए नाना उपहार, मिठाई, फल, यहाँ तक कि सौत के मायके की महरी मिश्राइन के लिए वह धोती का जोड़ा रखना नहीं भूली थी। माँजी बीमार हुईं, वमन के लिए चिलमची नहीं मिली तो उमा ने दोनों हाथों की अंजुलि फैला दी। बुढ़िया ने उसके हाथों पर ही उल्टी कर दी, पर उमा के चेहरे पर एक शिकन भी नहीं उभरी। उस विलक्षण नारी के हृदय में मानव-मात्र के लिए करुणा और प्रेम का अटूट भंडार था। घृणा, द्वेष और क्रोध उसके चित्त के दर्पण को मलिन नहीं कर सके थे। किन्तु मलिन न होने पर भी वह दर्पण एक दिन टूट गया।

अख्तरी जिद करके उसी के साथ रहने लगी। उमा ने उसे कई बार आश्रम भेजा, पर वह बार-बार भाग आती थी। उमा उसे कभी अकेली नहीं छोड़ती, पर एक दिन वह चूक गई। उसकी एकमात्र आलिया मौसी भुवाली सेनेटोरियम में वर्षों से घुल रही थी; अन्तिम समय जानकर डॉक्टर ने उसे सूचित कर दिया था। वह अख्तरी को लेकर जा रही थी कि ठीक स्टेशन जाने के समय अख्तरी के पैर में भयानक मोच आ गई। वह एक पग भी नहीं चल सकती थी। भारी मन से उमा अकेली ही चली गई थी।

समय से पूर्व, बिना सूचना दिए वह पाँचवें दिन लौट आई। गाड़ी रात को पहुँची थी। स्टेशन से रिक्शा लेकर वह घर पहुँची और न जाने क्या सोचकर पिछवाड़े की खिड़की फाँदकर भीतर पहुँच गई। उसे अचानक देहरी पर खड़ा देख अख्तरी हड़बड़ाकर उठ गई। उसका अनुमान सत्य निकला--अख्तरी उसके पलंग पर उसके पति के साथ पार्श्व का आसन ग्रहण कर न जाने कब से सोती आ रही थी। पति की किंगकांग-सी बाँहें पलंग से नीचे झूल रही थीं। वह नशे में बेहोशी में पूरी तरह डूबा नहीं था, लड़खड़ाती जबान से अपने जघन्य अपराध के लिए 'सॉरी' कहकर वह करवट बदलकर सो गया। अख्तरी चली गई थी। रात-भर उमा सोफे पर बुत-सी बैठी रही। खुली खिड़की से उसने अख्तरी को अहाते से जाते देखकर भी नहीं पुकारा। उसके माथे पर एक भारी पोटली थी; क्या पता कुछ चुरा ले जा रही हो? पर उसके गृह की वह सबसे मूल्यवान निधि चुरा चुकी थी...अब क्या लेगी! दूसरे दिन पूरे घर में अख्तरी के गायब हो जाने का समाचार फैल गया। इधर-उधर ढूँढ़ा भी गया, पर अख्तरी सचमुच ही शायद शहर छोड़कर चली गई थी। तीन दिनों तक उमा को न रात को नींद आती थी, न दिन को चैन। मन की घुटन, पति की चोरी और सीनाजोरी और जिस अख्तरी को उसने नया जीवनदान दिया था, उसकी धोखाधड़ी उसे स्तब्ध कर गई। चौथी रात को नींद न आने पर वह नहीं रह सकी। बहुत पहले बक्स में नींद की गोलियों की शीशी लाकर रख दी थी। आधी रात को उसने वही शीशी निकाली। खुराक दो गोलियों की थी, पर उसे जिस गहरी नींद की कामना थी, वह भला दो से कैसे आती! बड़ी देर तक वह शीशी लिए खड़ी रही, फिर उसने पूरी शीशी मुँह में उँडेल ली।

जगने पर रवीन्द्र पंडित ने पत्नी की निष्प्राण देह देखी तो घबरा गया, पर फिर बड़ी कुशलता से उसने तीसरी पत्नी की फाइल दाखिल-दफ्तर कर

दी। शहर में खबर फैल गई कि डिप्टी साहब की पत्नी को दिल का दौरा पड़ गया और वह चल बसी।

गोंडा कचहरी स्टेशन पर, कनेर के पेड़ के नीचे, सस्ते केले रेशम का बैंजनी गरारा पहने, सिलवट पड़ी रेशमी फतुई की जेब से बीड़ी निकाल, पास की दूकान से माचिस खरीदने अख्तरी उठी, फिर न जाने क्या सोचकर गन्दी, फटी-सी पोटली को टाँगों के बीच दबाकर बैठ गई। उसके होंठों पर लगे सस्ते लिपस्टिक की फूहड़ रेखा ठुड्डी तक उतर आई थी। एक ढिबरी जलाकर खोंमचेवाला उधर से निकला तो उसने उसे रोक लिया। पहले दो आने की खट्टी चटनी डली पकौड़ियाँ खाईं, फिर दो आने की मीठी चटनीवाली। मीठी गुजियावाला निकला तो उसे भी रोक लिया। चार गुजिया खाकर भी मन नहीं भरा तो खोये की खुरचन ले ली। खुरचन खाकर उसने पान के दो बीड़ों से गाल भरे ही थे कि रेलगाड़ी आ गई। पोटली माथे पर रखकर वह भीड़ ठेलती तीसरे दर्जे के जनाने डब्बे में घुस गई। दो-तीन गन्दे बुर्के ओढ़े मुसलमान औरतें एक कोने में दुबकी बैठी थीं। खिड़की की सीट पर बैठना ही उसे बहुत पसन्द था; चट-से गठरी रखकर वह बैठ गई और बड़े प्रभुत्व से उसने अपनी दोनों टाँगों का रिजर्वेशन स्लिप फैला दिया। सामने से दो सिपाही उसे घूरते निकल गए। घूरते रहें ससुर! अब उसे किसी भी जिले की पुलिस का भय नहीं था। पोटली को उसने बड़े प्यार से थपथपाया। गाड़ी चल दी थी। वह थपथपाकर जैसे कह रही थी—अब कोई डर नहीं बेटा, गाड़ी चल दी है। सचमुच अब वह गाँजे की पोटली ही उसका पति और पुत्र थी। एक-एक कर स्टेशन पर खड़े कुली, बत्तियाँ—सब पीछे छूटने लगे। गाड़ी ने गति पकड़ी। हिचकोलों से तन्वी अख्तरी की लचीली देह हिलने लगी। बहुत थक गई थी वह। नेपाल रोड स्टेशन आने में बहुत देर थी; गठरी सिरहाने रखकर वह सीट पर लम्बी हो गई। थोड़ी ही देर में उसके खर्राटे सुनकर मुसलमान बुर्केवालियाँ ठसकाती-हँसती एक-दूसरे पर गिरने लगी थीं। कैसी नींद है, बाप रे बाप! मुई मुर्दों के-से खर्राटे ले रही है! हर खर्राटे के साथ उसका सुडौल उभार उठ-उठकर गिर रहा था। रात घनी हो आई थी और रेलगाड़ी अपनी वही सब हरकतें दुहरा रही थी जो अपने यात्रियों की नींद में व्याघात डालने वह प्रायः दुहराती रहती है। इंजन ने महा बेसुरे स्वर में डकारा। बियाबान अँधेरे जंगल के बीचोंबीच खड़े होकर अकारण ही उस दुस्साहसी इंजन ने

पूरी गाड़ी के अंजर-पंजर हिला दिए। एक मुसलमान स्त्री का टोंटीदार गडुवा मँजीरे-सा बजता नीचे लुढ़क गया; दूसरी का बच्चा रोया, तीसरे को दमा का विकट दौरा पड़ा। गाड़ी चली और एक लम्बे पुल पर लड़खड़ाती, झपताल का-सा ठेका देती धीरे-धीरे चलती रही। कुम्भकर्ण की भी नींद शायद टूट जाती, पर अख़्तरी बेखबर सोती रही। उसके हर विचित्र खर्राटे पर तीनों मुसलमान स्त्रियों को हँसी का ज़बरदस्त दौरा पड़ रहा था, पर वह घोड़ा बेचकर सो रही थी।

विचित्र शिल्पी विधाता भी कैसी-कैसी अनोखी मूर्तियाँ गढ़ देता है! एक को नींद के लिए शीशी-भर गोलियाँ खानी पड़ती हैं और दूसरी बिना गोली खाए ही नींद में डूब जाती है!

खुदा हाफिज

माघी विभावरी में ठिठुरता नैनीताल, अपने नग्न अंग सिकोड़े, किसी दरिद्र शिशु की भाँति सो रहा था। शुक्लपक्ष के अकृपण औदार्य से, झक-झक चमक रहा चीनापीक, मुझे निर्जीव बाँहें फैलाए पड़े, किसी पहाड़ी पट्टू के, विराट् भूरे खुरदुरे कोट-सा ही लगा। चाँदनी का एक चौकोर टुकड़ा, देखते ही देखते, रामजे अस्पताल की रक्तवर्णी छत पर फिसलता, ताल के नीलाभ जल में डुबकियाँ लेने लगा था। अयारपाटा के इक्के-दुक्के बँगलों पर चमकती बिजलियों की रोशनी, कॉर्बेट के बँगले की अबीरी छत, कालाढुंगी की नवनिर्मित नवेली सड़क के घुमावदार घेर, मुझसे वर्षों पश्चात जैसे बिछुड़े इष्टमित्रों की आत्मीयता से, गलबहियाँ देकर मिल रहे थे।

किन्तु, मध्य रात्रि की उस निस्तब्धता में, मैं जिस मधुर आह्वान की डोर से बँधी, बाहर आकर खड़ी हुई थी, वह मीठी खनक, सहसा किस शून्य में खो गई थी! 'खुदा हाफिज' कहता, वही परिचित किसी किशोर कंठ-सा स्वरभंग और बचकानी हँसी।

ठीक इसी पिछली चतुर्दशी को मैंने उसे पहली बार देखा था। लखनऊ का वह अस्पताल भी, उस दिन ऐसे ही उज्ज्वल चाँदनी में नहा उठा था। दुर्भाग्य से, आज तक कई अस्पताल देख चुकी हूँ, और कई सैनेटोरियम, किन्तु दो ही अरण्यों की स्मृतियाँ मुझे सहमा पाई हैं, एक अल्मोड़ा सैनेटोरियम की और दूसरी लखनऊ के इस अस्पताल की। लगता है, ये दोनों मृत्यु के प्रिय पिकनिक स्पॉट हैं। अठारह दिनों तक, उस अस्पताल में रहने की दुःसह विवशता के बीच प्रायः नित्य ही मैंने काल का कलेवा देखा है। कभी जनरल वार्ड के बरामदे में, विलाप का गगनभेदी आरोह, आत्मीय स्वजनों की भीड़ के बीच, किसी संयमी कर्त्तव्यपरायण कंठस्वर में दिया गया, लाशगाड़ी बुलाने

का आदेश, डॉक्टर-नर्सों की पदचाप और फिर थोड़ी देर बाद कोने में पटका गया गद्दा, लाल कम्बल, हवा में उड़ते रुई के फाये, निर्ममता से घसीटा जा रहा खाली पलंग, किसी चलती फिल्मी धुन गुनगुनाकर सम्पन्न की गई कमरे की धुलाई और क्षण-भर पूर्व के महाप्रस्थान के साक्षी, धरा पर पड़े एक-आध फूल और कुश के तिनके। एक लाशगाड़ी के विदा होते ही, कभी-कभी दूसरी आकर खड़ी हो जाती। उन अभिशप्त वाहनों के विराट् कलेवरों पर अंकित पंक्तियाँ देखकर, कभी-कभी हँसी भी आती—किसी में दोनों ओर पंख फैलाए दो देवदूतों के हाथ में थमी लकड़ी की पाटी में लिखा गया, किसी रससिद्ध द्वारा प्रदत्त नाम 'स्वर्गीय वाहन' और इसके नीचे ही सुस्पष्ट अक्षरों में अंकित, वाहन की विशद प्रशस्ति। 'यह गाड़ी हमेशा रोशनुद्दौला पार्क के सामने धुली-धुलाई खड़ी रहती है, कृपया एक बार आजमाएँ' और फिर चटकीले नीले रंग में झक-झक चमकती एक दूसरी लाशगाड़ी, जिसमें चालक की खिड़की के पास लिखे सफ़ेद पेंट की दूसरी पंक्ति पढ़ने से पूर्व ही, सदा मेरा रिक्शा तेजी से आगे निकल जाता था। उसकी पहली पंक्ति को मैं आज भी जैसे सामने लिखी देख रही हूँ।

"आरजू यही है, कब्र वहीं पै बने"—लम्बी कतार में फैले, अपने प्रतिवेशी मरीजों के साध्य-असाध्य रोगों का परिचय भी मुझे तब कंठस्थ हो गया था। पन्द्रह नम्बर का, लम्बोतरे चेहरेवाला वह साँवला युवक, जिसे आसन्न मृत्युभय ने, गजब का दुस्साहसी बना दिया था। वह मिल्क डायट पर है, यह मैं उसकी ट्रे देखकर ही जान गई थी, किन्तु डॉक्टर-नर्सों की दृष्टि बचा, वह किसी पैंतरेबाज नट की फुर्ती से, किसी भी खोंमचेवाले को देखते ही, कँटीले तारों के व्यवधान फाँदता, दोने के दोने साफ कर जाता और फिर रात-भर कराहता रहता। फिर उन्नीस नम्बर की वह रोगिणी, जिसकी लोकप्रियता का अन्त नहीं था। उससे मिलनेवालों का ताँता, सुबह आठ बजे से आरम्भ हो जाता और बड़ी रात तक, लगा ही रहता। धूप निकलते ही उसका वसुधैव कुटुम्ब, उसकी पहियालगी पलंग को, धूप में खिसकाकर, बरामदे में ले आता और फिर आरम्भ होता उनका मूँगफली पर्व। देखते-ही-देखते सेरों मूँगफलियाँ साफ हो जातीं, साथ में ट्रांजिस्टर का गर्जन, हँसी-ठिठोली उस मनहूस अस्पताली वातावरण को गुलज़ार कर देता। जब मैंने पहली बार, उस रोगिणी को देखा, उसके भीमोदर की, भयावह रूप से विस्तृत परिधि ने, मुझे सहमा दिया था। लगता था, रुग्ण शरीर के किसी छिद्र से, साइकिल पम्प से किसी ने उसमें

इतनी हवा भर दी है कि एक बार और पम्प मारते ही किसी अबोध शिशु द्वारा निरन्तर फुलाए जा रहे गुब्बारे की ही भाँति, फट्ट से फूट जाएगी। गोल तमतमाया पृथुल चेहरा, मधुमक्खी-दंश से सूजी-सी आँखें, और फूले कपोलों में कहीं खो गई नासिका। चेतनाहीन सूजे हाथों को उठा-उठाकर, बड़ी बहू उसे कार्डिगन पहनाती, हैंडल घुमाकर, पलंग उठा मँझली, परिपाटी से सास का जूड़ा बना, क्रीम-पाउडर लगा माँग में सेंदूर भरती, छोटी, सास की अचल देह में यत्र-तत्र चिकोटी काट, निर्विकार चेहरे की ओर देखकर कहती—"उँह, अभी भी कोमा में हैं।" उसके परम सन्तुष्ट कंठस्वर को सुन मुझे लगता, जैसे सास की इसी कोमावस्था की उसे कामना है। मधुमेह का वह भयानक तांडव नर्तन, मैंने निरन्तर दस दिन तक देखा था, फिर एक दिन रोगिणी को, मृत्यु ने मुक्ति दे दी। उसी दिन, वह कमरा फिर आबाद हो गया था। इस बार किसी मन्त्री-पत्नी ने, अपनी सामान्य-सी व्याधि के लिए, उस कमरे को धन्य किया था, इसी से उनके आते ही वहाँ किसी विवाहोत्सव के-से अदृश्य शामियाने टँग गए थे। लगता था, मन्त्री महोदय का सम्पर्क, निर्माण-विभाग से था। पौ फटते ही, जिस तत्परता से कर्मचारी, वहाँ सामान्य-सी टूट-फूट को ठीक करवाते रहते, मुझे लगता कि यदि कहीं मन्त्री-पत्नी को कुछ हो गया तो, पलक झपकाते ही वे स्वामिभक्त अनुचर, एक दर्शनीय ताजमहल भी खड़ा कर देंगे। किन्तु, ऐसा कुछ हुआ नहीं। अपनी सामान्य-सी व्याधि के, असामान्य उपचार से सहमकर ही, शायद उन्होंने समय से पूर्व ही कमरा खाली कर दिया। अपनी मृत्युंजयी शक्ति के प्रदर्शन में, डॉक्टरों में एक होड़-सी लग गई थी, फलस्वरूप एक से एक प्रभावशाली सुइयों ने, रोगिणी को भयत्रस्त कर, तीसरे ही दिन रोगमुक्त कर दिया। अब उस कमरे में, एक महाक्रोधी चिड़चिड़ा बूढ़ा आ गया था जिसके पेट में किसी नवनिर्मित नाभिकुंड में लगाई गई रबर की नली, क्रमशः जलबिन्दुनिपात से, हाथ में पकड़ी गई शीशी को छलकाती रहती और शीशीधारी वह दुर्वासा दिन-भर पूरे अस्पताल की परिक्रमा कर, रात-भर कभी अस्पताल के पूरे स्टाफ को, कभी अपनी पत्नी को ऐसी-ऐसी मौलिक गालियाँ देता रहता कि कान में अँगुली धरनी पड़ती। उसकी सहिष्णु वृद्धा सहचरी बहरी थी, इसी से पति का स्वर, आवश्यकता से कुछ ऊँचा ही रहता—"ससुरी, कैसा उल्टा जवाब दे रही है, लगता है तेरे मुँह में बवासीर है।" मैं सुनकर सिहर उठती। मुझे लगने लगा था कि अस्पताल में रोगी बनकर रहने की विवशता से भी जटिल

विवशता होती है, रोगी की सहचरी बनकर रहने की। अपने उस खोखले अकर्मण्य अस्तित्व की अल्पज्ञता, मुझे रह-रहकर झकझोर उठती। जिधर देखो, उधर दुःख, यन्त्रणा, मृत्युभय और सर्वोपरि मानव की असहाय, करुण विवशता। मृत्यु आती और चिकित्सा-विज्ञान की नवीनतम मृत्युंजयी औषधियाँ ताक पर धरी रह जातीं। प्लेटफार्म पर, एक पल भी अधिक न रुकनेवाली डाकगाड़ी की तत्परता से ही वह आती, और साथ ले जानेवाले यात्री को लेकर धड़धड़ाती निकल जाती। तेरह नम्बर की रोगिणी का भी, उस रात को शायद टिकट कट चुका था, दिन-भर उसे कनवल्शन्स हो रहे थे। मैं मना रही थी कि रात-भर उसे कुछ न हो। एक तो अस्पताल की विमर्ष निस्तब्धता, उस पर ब्लैकआउट का दमघोंट अन्धकार। कभी-कभी बीच में, सायरन की कर्णकटु चीत्कार, अन्धकार को भेदती अस्पताल की दीवारें कँपा देती और ऑपरेशन थिएटर की तेज बत्ती भी दप से बुझ जाती। कहीं श्मशान में गिद्धिनी के विलाप का प्रसंग पढ़ा था, उस सायरन की हिस्टीरिकल चीख से, निश्चय ही उस विलाप का स्वर कम भयावना होता होगा। उस रात को, मुझे अचानक फोन करने जाना पड़ा था। किसी तरह अन्धकार से समझौता करती, मैं तेरह नम्बर तक पहुँची तो रोगिणी कराह रही थी। नित्य के उस परिचित करुण स्वर को अब मैं खूब पहचानने लगी थी। उसके साँवले रंग को, घातक रोग ने इधर एक अनुपम लुनाई से रँग दिया था। बड़ी-बड़ी आँखों की वह तरल-करुण दृष्टि से कभी जाते-जाते, प्रत्येक आवागमन का लेखा-जोखा रखती थी, अब उदासीन हो गई थी। सिरहाने बैठा, उदास चेहरेवाला उसका तरुण पति अब चिर-वियोग की आशंका से शंकित होकर, सामान्य-सी पद-चाप से ही चौंक उठता। पिता के साथ सटकर बैठी, रोगिणी की एकमात्र शान्त कन्या के सात-आठ वर्ष के चेहरे को, माँ की असाध्य बीमारी ने कुछ ही दिनों में, किसी अनुभवी प्रौढ़ा का गम्भीर चेहरा बनाकर, बदरंग कर दिया था। रोगिणी के रोग का परिचय, मुझे हृदयहीन वार्डबाय के चीखते कंठस्वर ने, कुछ ही दिन पूर्व दिया था। भरे दूध की बाल्टी औंर मग लिए, वह दूध बाँटता, ठीक उसी के कमरे के बाहर चीख रहा था—“अजी, तेरह नम्बर को दूध दिया जाएगा क्या?”

“किसको?” बरामदे के दूसरे कोने से, उससे भी तीखी स्वरलहरी ने, प्रश्न का तीर छोड़ा था—“अजी तेरह नम्बर कांसर...”

और बिस्तर पर पड़ी तेरह नम्बर की उस रोगिणी को निष्पलक स्तब्ध

विवशता से स्वयं अपने घातक रोग से हाथ मिलाते मैंने भी देखा था। धीरे-धीरे ड्यूटी-रूम की ओर बढ़ी। मेट्रन अपनी पुष्ट जंघाओं से पूरा हीटर घेरे गहरी निद्रा में निमग्न थी, उसी के अगल-बगल दो कुर्सियों में केरल-निवासिनी दो नर्सें भी ऊँघ रही थीं। एक की श्वेत कलफ की गई टोपी का किरीट काँटे से उलझकर उसके गोलाकार जूड़े पर अटक गया था, दूसरी दोनों हाथ छाती पर धरे ऐसी लग रही थी जैसे किसी प्रार्थना में डूबी हो। मेरी पदचाप से वही पहले जगी। "क्या है?" उसने कुछ रूखे स्वर में पूछा। दूसरी उसका प्रश्न सुनकर नींद ही में बड़बड़ाने लगी—''कौन है म्यूरियल? अरी वही चार नम्बरवाली होगी, रोज फोन के लिए परेशान करती है।" "चाबी दीजिए," मैंने भी कुछ रूखे स्वर में कहा—"मैं चार नम्बरवाली नहीं हूँ, मुझे जरूरी फोन करना है।"

"फोन खराब है, इमरजेन्सी से कर लीजिए!" जगी नर्स ने फिर अपनी कछुए-सी गर्दन अपने विराट् वक्षस्थल में समेट ली और अपने केरल के सपनों में खो गई।

मैं झुँझलाकर बाहर निकल आई। इमरजेन्सी से फोन करने के लिए डेढ़गजी कॉरीडोर पार करनी होगी, यह मैं जानती थी। चतुर्दशी की चन्द्रिका गहन अमराई से फिसलती अस्पताल के गुलाबों पर थिरक रही थी। शाल को कानों से लपेटकर मैं आगे बढ़ी और मुझे लगा मैं अकेली नहीं हूँ। रेशमी सरसराहट से मैं चौंककर मुड़ी। एक लम्बी, पतली युवती बुर्के का नकाब पलट मेरी ओर देखकर ऐसे मुस्करा रही थी जैसे मुझे वर्षों से जानती हो। पर कैसा आश्चर्य! मैंने तो इसे पहले कभी नहीं देखा था!

वह फिर हँसी और मैं कह नहीं सकती कि मध्य रात्रि की नीरवता ने ही उस चेहरे को उतना सफेद बना दिया था या उसका रंग ही वैसा दूधिया था। जो भी हो, ऐसी सौन्दर्य रूपरेखा, जो कभी केवल असित हाल्दार या अवनीन्द्रनाथ की तूलिका ही अंकित कर सकती थी, मेरे सम्मुख साकार खड़ी मुस्करा रही थी। उस नख-शिख का वर्णन करना मेरे लिए सम्भव नहीं है, यदि किसी ने अवनीन्द्रनाथ अंकित 'जेबुन्निसा' देखी है, तो सम्भव है, वे उस रूपशिखा को कुछ अंश में कल्पना द्वारा ग्राह्य कर सकते हैं। ऐसी तीखी नाक और ऐसे नुकीले तेवर विधाता शायद मूड आने पर ही गढ़ता है। पान की लालिमा से रंजित ओष्ठाधरों की जर्दा सुवासित लपट मेरे पास सरसराकर चली आई।

"अजीब हालत है इस अस्पताल की!" वह बीड़ा गुलगुलाती भरे-भरे स्वर में कहने लगी–"न जाने ये फोन गुलदस्ते-सा क्यों सजा-धरा रहता है! जब देखो तब खराब! मुआ बीस-बीस पैसे डकार हमेशा गूँगा बना रहता है!" बात उसने ठीक ही कही थी। मेरे भी न जाने कितने बीस पैसे वह आज तक डकार, गूँगा ही बना, मुझे अँगूठा दिखाता रहा था। हिना की मीठी खुशबू से मेरी स्मृति के नथुने फड़कने लगे। वर्षों पूर्व रामपुर के ऐसे कितने ही खुशबूदार रेशमी बुर्कों की स्मृति मुझे विह्वल कर उठी। मुहम्मद अली पेशकार साहब की सुन्दरी बेगम के काले रेशमी बुर्के की ऐसी ही सुवास, फिर नवाब साहब की राजमाता हुजूरे आला के रेशमी बुर्के की ऐसी ही परिचित सुगन्ध और भी न जाने कितने ही परिचित सुवासित रेशमी बुर्के एक-एक कर अदृश्य पैराशूट में बँधे मेरे स्मृति-प्रांगण में उतरने लगे।

इमरजेन्सी की बेंच पर ऊँघता चौकीदार हमें देखकर सतर हो गया।

"पहले मैं फोन कर लूँ," मेरी संगिनी ने हँसकर पूछा–मैं एक बार फिर उसके भुवनमोहिनी स्मितजाल में उलझकर प्रश्न का उत्तर देना भूल गई।

मेरे उत्तर की प्रतीक्षा किए बिना ही उसने फोन उठा लिया था– "हैला-हैलो, मैं हूँ मुमताज, हैलो, रजाअली बोल रहे हैं?'' ''कहिए..." और वह हँसी। कैसी मीठी खनक थी जैसे किसी ने चाँदी का झुनझुना बजाया हो।

"जी हाँ, मैं हूँ मुमताज, हैलो-हैलो..." फिर क्षण-भर पूर्व किसी परिचित कंठस्वर को सुनकर खिला चेहरा मेरे देखते ही देखते उलझन की झुर्रियों से भर गया।

"कौन शमी? क्या कहा, साहब सो रहे हैं? अभी-अभी तो बातें कर रहे थे–अजी कोई बोलते क्यों नहीं?" दस मिनट तक वह फोन के निःशब्द आले में निरन्तर बोलती, फटकारती चली गई थी।

मेरे जी में आया, कहूँ, आपका फोन नहीं मिल रहा है तो मेहरबानी से क्या मुझे करने देंगी? मेरे पति की कैप्सूल का समय हो गया है।

पर वह बन्दी फोन से चिपकी बड़बड़ाती चली जा रही थी–"रोज परेशान करते हैं, नमकहराम दो-दो नौकरों की ड्यूटी फोन पर लगी है, पर मुए मुफ्त की तनख्वाह डकार खर्राटे भरते हैं। घंटी बराबर जा रही है पर कोई फोन उठाता ही नहीं।"

"मेम साहब!" मैं चौंककर मुड़ी। बेंच पर बैठा चौकीदार अब मुझे अचरज

से घूरता खड़ा हो गया था। "आप तब से खड़ी हैं, फोन क्यों नहीं करतीं—नम्बर भूल गई हैं क्या?"

इस बार मैंने उसे अचरज से देखा। "तुम्हारे इस फोन में एक साथ दो जनी फोन कर सकती हैं क्या?" मैंने व्यंग्यपूर्ण झुँझलाहट से कहा और मेरी संगिनी फिर से हँस पड़ी।

चौकीदार मुझे ऐसे देखने लगा जैसे मैं नशे में हूँ।

"कभी एक से एक सिरफिरे नमूने चले आते हैं फोन करने।" वह स्वयं ही बड़ी अशिष्टता से बड़बड़ाता बाहर चला गया।

मुमताज ने झुँझलाकर फोन पटका और मैंने चट से उठा लिया।

फोन कर मैं बाहर निकली तो वह भी साथ चलने लगी। बुर्के का नकाब उसने फिर गिरा लिया, वह बिना कुछ बोले मेरे साथ चुपचाप चली जा रही थी, पर मुझे लगा वह निःशब्द रो रही है। कॉरीडोर के पास पहुँचकर उसने बुर्का उठा लिया और मैंने देखा, उसके कंठ से लेकर छाती तक सफेद पट्टियों का जिरहबख्तर-सा कसा है। तब क्या वह सर्जिकल वार्ड से ही सीधी उठकर फोन करने चली आई है? पट्टियाँ भी कभी किसी को आभूषणों की भाँति मंडित कर सकती हैं, मैंने उसी दिन जाना। कर्णमूल से लेकर उसकी सुराहीदार ग्रीवा तक लिपटी उन पट्टियों में वह मुझे क्लियोपेट्रा बनी लिज टेलर-सी ही गरिमामयी लगी। प्रखर ललाट पर पलटा गया रेशमी काला बुर्का उसे अपने मसिवर्णी कंट्रास्ट से स्फटिक-सा चमका रहा था। पतली नाक पर बहुत बड़े नग की हीरे की लौंग उस अन्धकार में किरणें-सी छोड़ रही थी। क्रोध और अपमान से उसके अधर काँप रहे थे। "बहन," उसने सहसा आम्रकुंज की घनी अमराई के बीच मुझे हाथ पकड़कर रोक लिया। गोरी कलाइयों पर पड़ी धानी ऊदी रेशमी चूड़ियाँ कुहनियों तक सरक गईं। उन लम्बी अँगुलियों का स्पर्श निश्चय ही अमानवीय रूप से हिमशीतल था। मुझे लगा कि किसी ने मेरे हाथ पर कोई हिम-शिलाखंड तोड़कर चिपका दिया है। "देख रही हो न दुनिया कैसी है" वह डूबी आवाज में कहने लगी—"कभी हम जिनकी आवाज सुनकर थर्राती थीं, आज वही हमारी आवाज सुनकर थर्राते हैं, दिन-रात हमें छाती से चिपकाकर भी जिनकी साध नहीं मिटती थी, वे ही आज हमारी पसलियों की खनक सुनते ही बेहोश हो जाते हैं। तुम भी तो अपने बीमार शौहर के साथ यहाँ आई हो, क्यों?"

मैं चौंकी। इसे कैसे पता हो गया कि मैं अपने बीमार पति के साथ यहाँ

आई हूँ!"

"ठीक है, ठीक है," वह अब हँस-हँसकर कहने लगी–"रात-रात-भर जगी रही पर खुदा न करे अगर कभी पहले तुम चली गईं तो इसी शौहर की बेरुखी से हमारी तरह तड़पती रहोगी। हम गईं तो तीसरे ही महीने, हमारी चचाजाद बहन आ गई।" फिर उसकी मृगमद में सनी लम्बी साँस मेरा कपोल स्पर्श कर उठी–"यह हमारा ही बचपना है बहन, जो आधी रात को फोन करने चली आती हैं। वह तो भला हो उस गद्दे का जिसने आज तुमसे मिला दिया।" मैं फिर चौंकी, किस गद्दे की बात कर रही थी वह।

उसने शायद मेरी आश्चर्यचकित दृष्टि देख ली।

"जिस गद्दे में तुम सोती हो, वह हमारा है बिन्नी, हम भी उसी में सोई थीं। क्यों? रजाअली की तरह तुम्हें भी डरा दिया ना हमने?"

इस बार उसकी हँसी पहाड़ की बर्फीली चट्टानों का स्पर्श कर बहती हवा की ही भाँति सीटी-सी बजाकर विलीन हो गई।

"खुदा हाफिज!" कहती वह सरसराती तेरह नम्बर वार्ड के भीतर धँसती अदृश्य हो गई। तेरह नम्बर में तो वह हिन्दू रोगिणी थी, यह मुस्लिम युवती उसकी कौन हो सकती थी?

रात-भर मैं सो नहीं पाई। सुबह उठते ही मैंने वार्डब्वाय को बुलाकर वह मनहूस गद्दा बाहर फिंकवाया, घर जाकर अपना गद्दा लाई, फिर भी छाती के भीतर कहीं गहरी धँस गई उस 'खुदा हाफिज' की चिलक मुझे कई रातों तक सालती रही। कहती भी किससे? विज्ञान के इस युग में भला ऐसी घटना का कोई विश्वास करता? फिर कई रातों के रतजगे की थकान दूर करने मैं एक दिन घर लौटी। आधी रात को उसी परिचित सुगन्ध ने सहसा मेरे हाथ-पैर ठंडे कर दिए।

"जरा खिसको बिन्नो, हमें भी जगह दो–बड़ी दूर रहती हो तुम, अल्ला-अल्ला कर पहुँच पाई हैं हम!"

और फिर वह मुझे ज़ोर से धकेलने लगी। फिर मैं अपनी चीख नहीं रोक पाई। मेरी चीख सुनकर ही शायद मेरा पूरा परिवार कमरे में आ गया।

बत्ती जलते ही मेरी चेतना जाग्रत हुई और मैं लज्जित-सी होकर बैठ गई। उस ठंड में भी मेरे कपड़े पसीने से तर थे।

"बुरा सपना देखा था," मैंने खिसियाए स्वर में कहा।

बत्ती फिर बुझा दी गई, सोनेवाले फिर सो गए, पर मैं नहीं सो पाई।

इतना मैं उसी दिन जान गई थी कि मैं कहीं भी रहूँ, वह मुझे ढूँढ़ लेगी। सोचा था, शायद इन दुर्गम पर्वतश्रेणियों के व्यवधान को चीरकर वह मुझे यहाँ नहीं ढूँढ़ पाएगी।

किन्तु उस चतुरा नटिनी की सर्वव्यापी सन्धानी दृष्टि के घेरे ने मुझे यहाँ भी बाँध लिया है।

इस बार उसकी 'खुदा हाफिज' एक तीखा खंजर बन मेरे कलेजे में धँसकर रह गई है।

"तुमसे अजीब लगाव हो गया है बिन्नो!" वह हँस-हँसकर कह गई है। "भला हो उस गद्‌दे का जिसने तुमसे मिला दिया, यहाँ अकेले में बड़ी तबीयत घबराती है। सोचती हूँ, तुम्हें भी साथ ले चलूँ, क्यों?" उस प्रश्न के उत्तर देने में मैंने एक क्षण का भी विलम्ब नहीं किया था। "नहीं-नहीं, मैं कैसे आ सकती हूँ? मेरे बच्चे, मेरी गृहस्थी, मेरा अधूरा उपन्यास, मेरे बीमार..."

मैं अपना वाक्य पूरा भी नहीं कर पाई थी कि वह अपना चेहरा एकदम मेरे निकट ले आई—"तुम्हारे बीमार शौहर? यही कहना चाह रही थीं न? मैं भी अपने बीमार शौहर को ही छोड़कर आई थी बिन्नो! मेरे जाते ही उनकी बीमारी भी चली गई। किसी के चले जाने से दुनिया नहीं रुकती, अच्छा, खुदा हाफिज!"

वह हमेशा निरभ्र आकाश में चमकती-बुझती मेहताब की ही भाँति अदृश्य हो जाती है—नक्षत्रखचित गगनमंडल में उसके अस्तित्व का कोई भी चिन्ह मुझे दृष्टिगोचर नहीं होता। खिली चन्द्रिका को आकाश में छिपी किसी अज्ञात मेघवाहिनी के मेघखंडों ने गुरिल्ला सैनिकों की ही फुर्ती से दबोच लिया है।

गहन अन्धकार भेदती, देवद्रुमों की-सी सीटी बजाती बयार, सुदूर पाषाण-देवी के डोरी में बँधे घंटों को हिलाती बही चली जा रही है। ताल के स्थिर रजत-दर्पण को भंग करती एक मछली छपाक से फिर पानी में दुबक गई। मैं जानती हूँ, किसी दिन इस निस्सीम शून्यता को भेदती मेरी रहस्यमयी संगिनी की आह्वान-ध्वनि फिर गूँज उठेगी। सोचती हूँ, उस आह्वान को स्वीकार कर क्या सचमुच ही मुझे जाना पड़ेगा?

ठाकुर का बेटा

विशाल दीवानखाने में मसनद लगाकर बैठे ठाकुर हयातसिंह ने सुवासित तम्बाकू का कश खींचकर, त्रिपुंडधारी पंडितजी से बड़े मीठे स्वर में कहा, "डरो नहीं पांडेज्यू, जो लिखा है कुंडली में, बतला दो एकदम।"

"महाराज, कैसे कहूँ, विचित्र जोग बना है कुंडली में।" पंडितजी ने अनेक त्रिकोण-षट्कोणों के जाल में उलझकर कहा, "पुत्र-योग प्रबल है; किन्तु..." कहकर बेचारे ने विवश दृष्टि से चारों ओर देखा, जैसे उसे किसी की उपस्थिति का-सा भय हो रहा था।

"कहो-कहो; पुरोहितजी, निश्चिन्त रहो। सिवाय दीवारों के यहाँ कोई नहीं है।" हयातसिंह गुड़गुड़ी छोड़कर बैठ गये।

"महाराज, पुत्र होगा, किन्तु आपकी इन दोनों पत्नियों से नहीं, एक और विवाह करना होगा आपको, सुलक्षणी कन्या की गृहस्थिति विशेष रूप से देखनी होगी—एक बात और भी बड़ी विचित्र है..." कहकर पंडितजी गहरे ध्यान में डूब-से गये।

"क्या?" कहकर ठाकुर ने उचककर पंडितजी के दोनों पैर पकड़ लिये। पुत्र-प्राप्ति की भविष्यवाणी से उनकी लटकी मूँछें तक सतर हो गईं।

"पुत्र आपका वन-विहारी ही रहेगा, महाराज। आपके राजमहल का सुख आप ही भोगेंगे, हरि इच्छा, हरि इच्छा।" कहकर पंडितजी ने पोथी-पतरे एक ओर खिसका दिए।

थोड़ी देर को हयातसिंह कुछ सोच में डूब-से गये। सहसा जोर से हँसकर उन्होंने पंडितजी की पीठ में कसकर थप्पड़ मारा, "वन-विहारी नहीं बनेगा, तो काम कैसे चलेगा? हयातसिंह के कत्थे का ठेका, चीड़ का ठेका, फिर कुमाऊँ के ओर-छोर तक फैले चाय के बगीचों की माया को क्या राजमहल

में बैठकर सम्हालेगा? क्या बात कह गए हो लाख की गुरु! देखो पंडित, तुम्हारी गणना सच निकली, तो तुम्हारी बामणी को सिर से पैर तक सोने से मढ़ दूँगा—समझे!" अपनी नीलम की अँगूठी उन्होंने पंडितजी की अँगुली में पहना दी—"लो गुरु, यह रहा तुम्हारा बयाना।"

आशीर्वाद देकर पंडितजी चले गए, तो हयातसिंह का समस्त उत्साह ठंडा पड़ गया। चौथेपन में तीसरी शादी! दुनिया क्या कहेगी, बेटियों के बेटे हो गये थे, दामादों से मुँह छिपाकर सेहरा कैसे बाँधेगा? फिर उसकी पतिव्रता पत्नियों का राधा-रुक्मनी का जोड़ा, जिन्होंने कभी सौतों का रिश्ता नहीं माना, सगी बहनों में भी ऐसा प्रेम नहीं होता। कौन कहता है एक मियान में दो तलवारें नहीं रह सकतीं! छोटी ठकुरानी चन्द्रा कहती—"खूब रह सकती हैं, बशर्ते मियान भी मखमली हो।" सचमुच ही हयातसिंह के दिल की मियान मखमली ही थी, एक को वह पन्द्रह तोले का चन्द्रहार बनवा देते, तो दूसरी के लिए भी पन्द्रह ही तोले का हार बनता। राई-रत्ती कम नहीं। उनके हाथीदन्त छप्परखट के अगल-बगल, सोलह शृंगार किये दोनों ठकुरानियाँ ईर्ष्या-द्वेष के सारे हथियार डालकर, लेट रहतीं। हयातसिंह को किसी से न तो अधिक दुराव था, न अधिक प्रेम। नाप-तौलकर दोनों को प्रेम की मदिरा ऐसी नियत मात्रा में देते थे कि दोनों छककर पड़ी रहतीं। 'हयातकोट' की छटा भी किसी राजप्रासाद से कम नहीं थी। कहते थे कि ठाकुर ने सीमेंट और गारे के स्थान पर उड़द की दाल पिसवाकर बिछवा दी थी, जयपुर के कारीगरों का बनाया वह अभेद्य दुर्ग, कुमाऊँ की वनस्थली का एक अनोखा शृंगार-मुकुट था। डूबते सूर्य की रक्तिम आभा में चारों ओर से गिरि-शिखरों से घिरी हयातसिंह की उस मायापुरी की शोभा वास्तव में दर्शनीय हो उठती। एक-से-एक आधुनिक कलाकृतियों के अतिरिक्त, उनके प्रवेश-द्वार पर एक वीनस की मूर्ति बना हाथी-दाँत का फौवारा था, जिसके कस्तूरीमिश्रित सुवासित जल का ही खर्चा चार सौ रुपये माह था, किन्तु ठाकुर हयातसिंह किस्मत के ही नहीं, दिल के भी बादशाह थे, रुपया उनके हाथ का मैल था, दौलत उनकी हाथ बाँधे खड़ी बाँदी थी। दोनों पत्नियों से उनकी चार लड़कियाँ हुईं, चारों को उन्होंने एक-से-एक अच्छे खाते-पीते घरों में ब्याह दिया था। आज तक वे चैन की नींद ही सोते थे, किन्तु पंडितजी की गणना ने उन्हें अशान्त कर दिया। दोनों ठकुरानियों ने पति की अशान्ति भाँप ली—"सुनती हो, लक्षण ठीक नहीं हैं," छोटी ने कहा।

"क्यों नहीं बहन, सब समझती हूँ, आया था ना दाढ़ीजार पंडित, सिखा गया होगा कुछ।" उधर बेचारे हयातसिंह के जीवन के पैंतालीस वर्षों में ऐसी विकट रातें कभी नहीं बीती थीं, इधर करवट लेते तो दिखती बड़ी पत्नी सावित्री, जिसके गोल-गोल चन्द्रमा के थाल-से मुँह पर निष्कपट प्रेम की आभा थी, छाती पर सौत बिठाने पर भी जिसने कभी पति का तिरस्कार नहीं किया था। उधर करवट बदलते तो दिखती पुष्ट यौवन से गदराई चन्द्रिका, जिसकी तिब्बती माँ के सौन्दर्य ने उसे मछली-सी आँखें उपहार में दी थीं, उन तिरछे कटाक्षों में वारांगना का विलास था, उसके सलीके से पहने गये मखमली घाघरे के आठ-आठ पाटों की मनमोहक घुरनियों ने हयातसिंह को बाँध लिया था। दोनों पत्नियों के प्रेम के अमृत कलशों को क्या वह लात मारकर गिरा दें? किन्तु पितरों के प्रति भी उनका कुछ कर्त्तव्य है—कुमाऊँ के राजपूत के लिए पुत्र के बिना निरबंसिया जीने से मौत भली है, मन पक्का कर उन्हें विवाह करना ही होगा।

पंडितजी ने गणना ही नहीं की, कन्या भी ढूँढ़ दी। मुक्तेश्वर की घाटी में एक आलू का ठेकेदार था रामसिंह। उसकी पहली पत्नी से एक पुत्री थी हंसा, विमाता उसे बैल की तरह काम में जोते रहती, किन्तु दिन-रात परिश्रम की अग्नि में झोंकने पर भी छोकरी का रूप फटा पड़ता था। रामसिंह भी पंडितजी का ही जजमान था और एक दिन बिना किसी आडम्बर के ही ठाकुर उसे ब्याह लाए। साबी और चन्द्रा ने डोली देखी और दोनों पिछवाड़े भागकर एक-दूसरे से लिपटकर घंटों रोती रहीं, जैसे उनका सुहाग उजड़ गया हो।

आलू के ठेकेदार की कन्या का सौन्दर्य देशी उस्तरे की धार की ही भाँति तीखा था। आते ही उसने अपना कमरा अलग कर लिया, हयातसिंह दिन-रात चाय के बगीचों में भटकते। अब वह भी साथ जाती। गहनों की तिजोरी की चाबी उसने अपनी पतली-सी कमर में लटका ली। दो नशीली आँखोंवाली नेपाली दासियाँ थीं—शिवकली और रामकली। दोनों ही ठाकुर साहब के बहुत मुँहलगी थीं, अकारण ही वे उनके कमरे के चक्कर लगातीं—कभी पान लेकर, कभी सिगरेट जलाने के बहाने उन पर गिरी पड़तीं। हंसा ने चौथे ही महीने दोनों को छुट्टी दे दी और अपने मायके से दो बूढ़ी बदसूरत ठकुरानियाँ ले आई। एक विधवा ताल्लुकेदारनी और उनकी सुन्दरी पति-परित्यक्ता पुत्री नीलम, ठाकुर साहब के क्लब की सहचरी थीं। उनकी जमी जड़ों को साबी

और चन्द्रा के सतीत्व का तेज भी नहीं उखाड़ सका था पर हंसा ने अपनी एक ही आग्नेय दृष्टि से उन्हें भस्म कर दिया।

एक दिन दोनों आयीं, तो हंसा ने पुत्री के कटे बालों को खींचकर, उसके लिपस्टिक-रंजित चेहरे पर कसकर तमाचा खींच दिया–"खबरदार जो आज से यहाँ देखा, कोठे में क्यों नहीं बैठ जातीं?" इस प्रकार हवा और तूफान से लड़ती हंसा पति के हृदय-प्रासाद के प्रत्येक कपाट पर सावधानी से अर्गला लगाकर स्वयं एकछत्र साम्राज्ञी बनकर बैठ गयी। ठाकुर नयी ठकुरानी के चरणों के दास बन गये थे, फिर ईश्वर ने उनकी आशा की बेल हरी कर दी थी। हंसा के रसीले होंठों पर पपड़ियाँ जम गयी थीं; जिसकी एक-एक बोटी फड़कती थी, वह अब अलस होकर घंटों सोती रहती, खाने में उसे अरुचि हो गयी थी, कभी वह हिरन के भुने गोश्त खाने को मचलती, कभी कच्ची मूलियाँ ही चबा डालती।

विवाह को साल-भर हो गया था। इस एक वर्ष में साबी और चन्द्रा भी मुलायम पड़ गयी थीं। सौत ही क्यों न हो, थी तो छोरी अपनी ही बिटियाओं के उम्र की। एक कहती, 'ऐसे मत उछल, नवाँ महीना लग गया है।' दूसरी कहती, 'हाय-हाय, ऐसे में शहद कौन चाटता है?' सौतों के स्नेहपूर्ण प्रतिबन्धों में बँधकर हंसा निहाल हो गयी। विमाता की ताड़ना ने उसके सुनहरे बचपन में विष घोल दिया था, दोनों सौतों के अप्रत्याशित स्नेह से सब विष धुलकर बह गया। उन्हीं के प्रेम के विमल नीर में वह डुबकियाँ लगा रही थी कि पाँसा पलट गया। हयातसिंह के तराई के खेतों में जंगली हाथियों के एक दल ने महा उत्पात मचा दिया था। हंसा पूरे महीनों से थी, किन्तु उन्हें छोड़कर जाना ही पड़ा। साँझ हो गयी थी, तीनों फौव्वारे की छटा निहार रही थीं। "दिज्यू, तबियत घबड़ा रही है, भीतर चलिए" हंसा ने बड़ी सौत के गले में हाथ डालकर प्यार से कहा।

"चल मरी, तेरी तो एक दिन ही में तबियत घबड़ा गयी, हमसे तो सालों बिछुड़े रहे, फिर भी हमने एक लम्बी साँस भी नहीं खींची–क्यों री चन्द्रा...?" सावित्री ने हँसकर कहा, "और क्या!" चन्द्रा फौव्वारे की धारा में हाथ डुबाकर खेल रही थी, "पर ये ठहरीं पटरानी दिज्यू–है ना हंसी!" "नहीं दीदी, सच हल्का-हल्का दर्द उठ रहा है, आप दाई को बुलवा लीज़िए", हंसा का स्वर सचमुच रुँआसा हो गया–"हाय-हाय, वे भी नहीं हैं," साबी ने घबराकर कहा, दूसरे ही क्षण उसने देखा, चन्द्रा का चेहरा जर्द पड़ गया था

और वह उसे इशारे से कुछ दिखा रही थी। साबी भय से स्तब्ध रह गयी। न जाने कहाँ से घने अन्धकार को चीर एक महादानव की आकृति उनके बीच खड़ी थी। पूरे शरीर पर बड़े-बड़े काले बाल और छाती पर सफेद बालों का चौकोर धब्बा—भयानक भालू खड़ा था। सहसा बचपन में सुनी एक-एक कहानियाँ हंसा को याद हो आईं। कुमाऊँ का जंगली भालू, नासिका-लोलुप ही नहीं, नारी-लोलुप भी होता है। अपनी अंगारे-सी आँख को घुमा-घुमाकर उसने तीनों के रूप-यौवन को परखा और फिर चीखती हंसा को बाँहों में भरकर कद्दावर डगें भरता अन्धकार में खो गया। अर्द्धमूर्च्छित-सी चन्द्रा और साबी भय से विक्षिप्त-सी हो गयी थीं। उन्हें चीखने का भी अवकाश नहीं मिल पाया था। 'हयातकोट' के सुरक्षित दुर्ग में, जहाँ प्रवेश-द्वार पर सदैव एक गुरखा चौकीदार दुनाली लिए खड़ा रहता था, न जाने वह भालू किस दीवार को फाँदकर आ गया था!

रात ही को हयातसिंह अपनी जीप भगाकर आ गये। कुमाऊँ के इतिहास में ऐसी अनहोनी घटना कभी नहीं घटी थी। ठाकुर हयातसिंह ने कुमाऊँ के जंगल छनवा दिए, किन्तु गहन वनों की अभेद्य दुर्गमता को चीरना आसान नहीं था। हंसा कहीं नहीं मिली। कुछ माह पहले यह घटना घटी होती, तो उसकी दोनों सौतें, शायद घी के दीये जलातीं, किन्तु आज उसी सुन्दरी सौत का बिछोह उन्हें असह्य हो उठा। धीरे-धीरे दस वर्ष एक व्यर्थ प्रतीक्षा में बीत गए। हयातसिंह ने सब शौक त्याग दिये। क्लब की माया छूट गई, कभी इक्के-दुक्के एक-आध पेग चढ़ा लेते। पहले बोटी के बिना गस्सा नहीं तोड़ते थे, अब उसी चौके में प्याज भी नहीं कटता। दस वर्षों में भी वे अपनी सुन्दरी पत्नी की स्मृति को भुला नहीं पाए थे।

एक दिन वे बहुत दिनों से जंग-लगी अपनी दुनाली को साफ कर रहे थे, रात बहुत हो गयी थी। उनकी दोनों पत्नियाँ जब सो गयीं, तो वे चुपचाप बन्दूक लेकर गोल कमरे में आ गये थे। द्वार खटका, उन्होंने खोला तो देखा, गुमान खड़ा था। गुमानसिंह, हयातसिंह से वयस में बहुत छोटा होने पर भी उनका अंतरंग मित्र था। ठाकुर हयातसिंह के विवाह होने से पूर्व हंसा से उसके विवाह का प्रसंग भी चला था और उस प्रस्तावित रिश्ते को लेकर कभी-कभी दोनों मित्रों में रसिक छींटाकशी भी चलती थी; किन्तु हयातसिंह से हंसा का विवाह हो जाने पर भी दोनों की मैत्री सुदृढ़ थी। हयात की दोनों पत्नियों को वह भौजी कहकर पुकारता, पर हंसा से कहता हंसी। "कुछ भी

कहो हयात, आलू के ढेर में पड़े इस हीरे को पहले मैंने ही देखा, पर झपट्टा मारकर तुम ले गए।" हंसा लाल पड़ जाती। उसके गाँव में वह शिकार खेलने अक्सर आता था और कभी उस छैल-छबीले जवान ने उसकी भूख-प्यास ही हर ली थी। रिश्ते में वह उसकी विमाता का चचेरा भाई था। वह प्रायः शिकार खेलने आता और उन्हीं के घर टिकता। हंसा कभी उससे खाली कारतूस माँगती, तो वह हँसकर कहता, "मामा क्यों नहीं कहती मुझे? मामा कहेगी, तब दूँगा।" "क्यों कहूँ? तुम मामा होते, तो कहती भी।" वह शैतानी से मुस्कराकर कहती।

"तो क्या हूँ री मैं तेरा?" कहकर उसने एक दिन उसकी चोटी इतनी जोर से खींच दी कि वह खिंचती स्वयं उसकी छाती पर ही आ गिरी थी—"मैं तुझे अपनी मंगेजे (सगाई) के लिए माँग लूँगा हंसा, विद्या कसम, इसी इतवार को आऊँगा।" वह कह गया था। पर इतवार के पहले आता था शनि और शनीचर के दिन ही पांडेज्यू उसे ठाकुर हयातसिंह के लिए माँग ले गये। हयातसिंह था लाखों का मालिक, गुमानसिंह था एक सामान्य-सा ठेकेदार। विवाह होने के पश्चात उसने गुमानसिंह को अपने यहाँ हयातसिंह से हँसते-बोलते देखा, तो भय हुआ कि कहीं ईर्ष्यावश वह उसकी कारतूस-याचना का भेद न खोल दे, पर उसकी अलमस्त हँसी सुनती, तो उसका भय बह जाता। अपने वैभव में भी वह उसके उदास चेहरे को भूल नहीं पाती। हंसा के खो जाने के बाद भी वह प्रायः तराई से चला आता था। पर आज इतनी रात को उसे देखकर ठाकुर अवाक् रह गये--"गुमान, इतनी रात को कैसे चले आये?" उन्होंने अपनी बन्दूक नीचे रख दी।

"मैंने आज एक अजब नजारा देखा हयात—सोचा, तुमसे नहीं कहूँगा, तो पागल हो जाऊँगा।'' उसके रूखे बाल बिखरे और चेहरा जरा-सा निकल आया था।

"क्या बात है गुमान, बैठो, लो थोड़ी-सी ब्रैंडी लो।" कहकर ठाकुर ने अपने शेल्फ से बोतल निकाली, एक साँस में ब्रांडी घुटककर गुमान ने हयात के कंधे पर हाथ रक्खा। "हयात," बहुत धीमी आवाज में वह बोला, "मैंने आज तुम्हारे बेटे को देखा।"

"पागल हो गये हो क्या, या निरी जिन चढ़ाकर आये हो?" हयातसिंह ने आश्चर्य से अपने मित्र की ओर देखा—"नहीं हयात, गंगा की सौं, सिर से पैर तक तुम्हारा बेटा, पक्के ठाकुर का बेटा! आज देवलधार के जंगल से

होकर आ रहा था। देखता क्या हूँ कि एक भयानक भालू चला आ रहा है। पीछे-पीछे चार हाथ-पैर टेकता राजकुमार-सा एक नौ-दस साल का बच्चा। हंसा को उसने मारकर फेंक दिया, पर इस चाँद के टुकड़े को नहीं मार सका..."

"कैसे कह रहे हो कि हंसा को मार दिया?" क्रोध और अविश्वास से ठाकुर का स्वर झुंझला उठा—जैसे अभी भी वह अपनी प्रेयसी की मृत्यु को अफवाह रूप में ही सुनना चाहते थे।

"तो सुनो हयात, आज नहीं, उसने हंसा को उसी दिन मार दिया था। कह नहीं सकता कि अभागिनी की मृत्यु उस दानव भालू के हाथों हुई या गहन अन्धकार से घिरे जंगल में प्रसव-वेदना ने उसके प्राण लिये। जब तुम कुमाऊँ के जंगल छनवा रहे थे, मैं भी स्वयं रात-रात मशाल लेकर कोना-कोना छान रहा था। तीसरे ही दिन देवलधार के जंगल में खून से लथपथ उसकी लाश मुझे मिली थी। जंगल की लकड़ियाँ जुटाकर मैंने उस चन्दन-सी काया का दाह किया। तुमसे नहीं कहा हयात, इसलिए कि तुमसे पहले मैंने ही उसे प्यार किया था। जिसकी जीवित काया को पाने के लिए मैं तरसता रहा; उसकी निष्प्राण देह पर भी मेरा उतना ही मोह था, उसे छाती से लगाकर मैं रात-भर बैठा रहा। प्रातः होने से पूर्व ही एक तीव्र दुर्गन्ध से मैं तटस्थ हुआ। सूरज उगने से पहले ही मैंने उसकी चिता रचा दी। जिस अग्नि में मैं झुलसता आया था, उसी में तुम्हें भी झुलसाने का मेरा न जाने कैसे बचपना था। सुनो हयात, मन का पाप कह देने पर पाप नहीं रहता—मैंने उसे बहुत प्यार किया था और तुम हमारे बीच न आते, तो शायद वह भी मुझे बहुत प्यार करती। अब वह नहीं रही हयात, पर उसके बेटे को—तुम्हारे बेटे को छुड़ाकर लाना ही होगा।"

हयातसिंह फटी-फटी आँखों से उसे देख रहे थे, जैसे अनहोनी घटना को वे किसी प्रकार भी स्वीकार नहीं कर पा रहे थे।

"चलो हयात, सोच क्या रहे हो, बड़ी चतुरता से ही गोली चलानी होगी। बच्चा उसके पीछे सटकर रहता है। उस दिन तेंदुए पर तुम्हारा निशाना काँप गया। तुम बच्चे को पकड़ना, मैं ही गोली चलाऊँगा—" वह पागलों की तरह बकता जा रहा था—"निशाना चूका, तो कहीं के नहीं रहेंगे हयात, बन्दूक छीन लेता है भालू, चलो-चलो, देर मत करो..."

चुपचाप दोनों बन्दूकें लेकर पिछवाड़े से दीवार फाँदकर चोरों की भाँति

निकल गये। साबी-चन्द्रा जग जातीं, तो तूफान मचा देतीं—'इतनी रात को शिकार, वह भी भालू का...!'

ग्राम का थोकदार धरमदेव लुटिया लेकर दिशा-जंगल जा रहा था, सहसा वह धमककर खड़ा रह गया। देवलधार की जानलेवा चूने की चट्टान से दो टूटी चट्टानें-सी लुढ़कती चली आ रही थीं। पीछे-पीछे दो काली लकड़ियाँ। निकट आने पर उसने देखा, वे चट्टानें नहीं, गुमान और हयातसिंह की क्षत-विक्षत देह थीं और काली लकड़ियाँ थीं, निर्ममता से तार की भाँति तोड़ी-मरोड़ी दो बन्दूकें। गुमानसिंह का चेहरा नुचे मांस से बीभत्स बन गया था और उसमें प्राण के कोई चिन्ह नहीं थे, किन्तु ठाकुर हयातसिंह की साँस थोड़ी-थोड़ी चल रही थी। धरमदेव भागकर सबको बुला लाया। लादकर उन्हें हयातकोट ले गये। मुख में गंगाजल की बूँदें डालकर साबी और चन्द्रा ने उनके होंठों के पास कान सटा लिये। रक्त से सने, सूजे होंठ, बुदबुदाए, "ठीक कह रहा था गुमान—ठाकुर का बेटा है, ठाकुर का।" और लहूलुहान शरीर निष्प्राण पड़ गया।

मणिमाला की हँसी

अहर्निश स्टेनगनधारी घोर कृष्णवर्ती परिधानों में लिपटे यमदूतों-से अगल-बगल खड़े कमांडोज से घिरे। प्रतिपल वैतरणी का संकल्प लेने को तत्पर दीनबन्धु शर्मा कीचड़ से सनी भीगी धोती। शरीर से चिपक गए कुर्ते और घनघोर वृष्टि से तर टोपी सँभालते तेज़ कदमों से ऐसे भागते चले जा रहे थे जैसे बीसियों शिकारी कुत्ते उनका पीछा कर रहे हों। एक क्षण को ठिठक उन्होंने भयत्रस्त दृष्टि से मुड़कर देखा। नहीं, इस अनजान बीहड़ अरण्य से भला अब कौन उन्हें ढूँढ़ पाएगा। जितनी ही बार वे हाथ की ओमेगा घड़ी में समय देखने की चेष्टा कर रहे थे उतनी ही बार वर्षा की बड़ी-बड़ी बूँदें उनका प्रयास विफल कर दे रही थीं। सन्ध्या घनीभूत हो चली थी। कहीं ज़ोर से बिजली कड़की—कड़-कड़...कड़...कड़ाक और कान के पर्दे फाड़ता आग का एक ज्वलन्त गोला राकेट की तेजी से न जाने कहाँ जा धँसा। दीनबन्धु का धड़कता कलेजा जिह्वाग्र पर आकर धड़कने लगा। बचपन में अम्मा कहती थी, बाँस और काँस पर बिजली अवश्य गिरती है। बिजली चमकती और वे घर के काँसे के बर्तनों को चटपट बोरे से ढक देती पर आज तो दीनबन्धु बाँस के झुरमुट में ही खड़े थे। वे फिर साहस कर वेणुवन की परिधि लाँघने लगे। शतसहस्र झींगुरों की ध्वनि, नीड़ में लौट रहे विहंगों का कलकूजन उन्हें सहसा अभयदान दे उठा।

"डरो नहीं दीनबन्धु, यहाँ तुम्हारा कोई कुछ नहीं बिगाड़ सकता। न यहाँ तुम्हें विरोधी दल का शरसन्धान बींध सकता है, न प्रधानमन्त्री की तनी भृकुटि से तुम्हारी सृष्टि विलय होने का भय। न यहाँ दूरदर्शनी कैमरे हैं, न प्रेम की गिद्ध दृष्टि का आतंक। भूल जाओ अपना अतीत और पल-भर को प्रकृति की इस अनूठी वनस्थली में बैठकर सुस्ता लो।"

क्या उस अश्वत्थ ने उन्हीं के सुस्ताने के लिए यह शिला वहाँ पर पहले ही से रख दी थी?

हाँफते-काँपते दीनबन्धु उसी शिला पर बैठ गए। भीगी टोपी उतारकर घुटनों पर रख दोनों आँखें बन्द कर लीं। बिजली की कड़क के साथ ही फिर वर्षा का वेग पूर्ववत हो गया। आकाश एक विराट काले बादल से घिर गया था। लग रहा था, यह मेघखंड नहीं कोई उन्मत्त-कामोन्मत्त विराट वृषभ ही आकाश पर गरजता-दहाड़ता भागा जा रहा है, पर उस गर्जन-तर्जन के बीच भी कैसी अद्‌भुत शान्ति थी। दीनबन्धु ने फिर आँखें बन्द कर ली हैं, महाकाल! मुझे इसी क्षण मृत्युदंड दे दो। प्रभु, मैं पापी हूँ। घोर पापी। उनकी दोनों आँखों से अविरल अश्रुधार बहती उनके पृथुल उदर को भिगोने लगी। बार-बार सिसकियों से काँपता उनका शरीर भारी भूकम्पी धक्के से हिलती किसी आलमगीर इमारत-सा ही हिल रहा था। इस एकान्त में वे जी भर ज़ोर-ज़ोर से दहाड़ें मारकर छाती पीट सकते थे। उन्हें देखनेवाला यहाँ कोई नहीं था। न अहंकारिणी पत्नी, न दुराचारी पुत्र, न प्रवंचक जामाता, न पाषाणी पुत्री। उन्हें लगा वे महाकाल के धावक वेग के साथ निस्सहाय खिंचे जा रहे हैं, तब ही फिर वही हँसी, उन्हें थरथर कँपा गई। मूर्ख, कैसे नहीं है कोई देखनेवाला! मैं जो बैठी हूँ इसी पीपल की डाल पर। आँखें उठा और साहस है, तो देख मुझे! ही-ही-ही-ही तेरा पांडित्य, तेरा पौरुष, तेरा कौलीन्य सब तेरे कलुष की कालिमा से म्लान हो चुका है रे पापी! फिर वही हँसी।

यही हँसी तो तीन माह से उनका दिन-रात पीछा कर रही थी।

जिस राजनीति-पटु प्रखर जिह्वा के प्रहार से कभी विरोधी पक्ष के सदस्यों को साँप सूँघ जाता था, उसी वीर सेनानी की देह आज प्राण रहते भी गहरे घावों से क्षत-विक्षत निष्प्राण बन गई थी। बाहर-भीतर जाते वह घातक हँसी उनका पीछा करती रहती। अपने राजसी पर्यंक में लेटते तो पूरी रात करवट बदलते शेष हो जाती। आँखें खुली रहतीं पर कंठ की भयार्त घरघराहट गला घोंट उठती। लगता जीवन के समस्त पाप कंठ में अटककर घरघराने लगे हैं, फिर वही हँसी—खुकखुक खुकखुक—कौन? कौन है? एक-दो बार डपटकर उन्होंने पूछ भी लिया, तो पार्श्व में लेटी गहन निन्द्रामया सहचरी रत्ना की मेदबहुल देह अधैर्य से हिल उठती थी—“क्या है? पागल हो गए हो क्या? न ख़ुद सोते हो, न सोने देते हो। कौन आ सकता है यहाँ? बीस-बीस कमांडो स्टेनगन ताने बाहर खड़े हैं। दिन में तुम्हारे इन कलमुँहे रक्षकों ने जीना दूभर

कर दिया है और आधी रात को तुम्हारी यह कौन है, कौन है...!"

चुपचाप उठकर बरामदे में टहलने लगे थे दीनबन्धु। कर्कशा पत्नी के मुँह लगना व्यर्थ था। फिर वह क्या समझ सकती थी उनकी वेदना को। उनकी चिन्ताएँ क्या एक-आध थीं? एक तो हरामखोर दामाद ने इधर उनका जीना दूभर कर दिया था। उस पर आप डूबते बाम्हना ले डूबे जिजमान। अपने तो डूबा ही, उनके दो बेटों को भी ले डूबा। वह तो अच्छा था, दोनों अपनी-अपनी पत्नियों को लेकर अलग कोठी बनवाकर रह रहे थे। अब भोगे ससुर अपनी करनी। तीनों ही सम्प्रति किसी धन घोटाले में लिप्त पाए गए थे और जेल में बन्द थे। कितनी बार समझाया था उन्होंने दोनों बेटों को, पर उस नक़्क़ारख़ाने में उनकी तूती की आवाज़ सुनता ही कौन? पुत्रों का वैभव देखते तो माथा ठनक उठता। बारह साल की प्रशासकीय सेवा में इतना पैसा आया कहाँ से? हर कमरे में एयरकंडीशनर, पहाड़ों के पब्लिक स्कूल में पढ़ रहे बच्चे। दीर्घ कलेवरी गाड़ियाँ, हीरों में जगमगाती पुत्र-वधुएँ। एक-न-एक दिन यह होना ही था। दक्षिणी जामाता ने दोनों सालों के कानों में गायत्री मन्त्र और फूँक दिया—"आप नहीं समझते पिताजी। पैसा बनाने के लिए छाती में बाल होने चाहिए। रिस्क लेना ही पड़ता है। शेयर बाज़ार में बिना रिस्क लिए लक्ष्मी प्रसन्न नहीं हो सकती। अपने कृष्णवर्णी चेहरे को छत्तीस दाँतों की उजली मुस्कान से उद्भासित करता उनका दक्षिणी दामाद उन्हें समझाने लगा था। यह सब उसी की सीख थी। रिस्क लेना पड़ता है ना और कुछ। "हाँ यही रिस्क तो पांडवों का राज्य ले गया, युधिष्ठिर के इसी रिस्क ने द्रौपदी को भरी सभा में विवस्त्र करने की कुचेष्टा की, क्यों?"

"किस युग की बातें कर रहे हैं आप पिताजी, हम जानते हैं हम क्या कर रहे हैं।" अब जान रहे थे तीनों। सुना चप्पलों की तकिया बना-बनाकर जेल में करवटें बदलते रात काट रहे हैं। मुँहमाँगी मुहरों की थैली खोलने पर भी जमानत नहीं जुटा पा रहे हैं। अब लो बेटा रिस्क।

उसी दिवास्वप्न को तोड़ती मणिमाला की हँसी फिर गूँजी।

"मणि! मणि! मुझे क्षमा कर दो, मैं तुम्हारे पैर छूकर कसम खाता हूँ, तुमने मेरे बेटों को मुक्त करा दिया तो मैं स्वयं गया जाकर धूम गरज़ से तुम्हारा श्राद्ध करूँगा। प्रेतशिला में इन्हीं हाथों से तुम्हें पिंड दूँगा मणि।" अपने दोनों हाथ अदृश्य चरणों की ओर बढ़ाते दीनबन्धु घिसटने लगे।

"कैसा श्राद्ध करेंगे, जैसा उस बार ऊटी में किया था? और तुम्हारे बेटों

की मुक्ति? अपनी सौत के पापी पिल्लों की पैरवी करूँ। ऐसी मूर्ख नहीं हूँ मैं।''

दीनबन्धु को लगा, वह चेतना खोते जा रहे हैं। थरथर काँपती देह को अश्वत्थ के पुष्ट तने से टिका वे जोर से बुदबुदाने लगे, 'शिवमस्तु सर्व जगतः परहित निरता भवतु भूतेगणा।'

किन्तु धड़कता हृदय आश्वस्त नहीं हुआ। वायुमंडल में यह गुग्गल की-सी मदिर सुवास कैसे मँडराने लगी थी। क्या यह वन्य पुष्पों के बीच बनफ़शे की मह-मह महक थी या उनका भ्रम। डरते-डरते दीनबन्धु ने आँखें खोलीं। सूचिभेद्य अन्धकार को चीरता चमगादड़ों का झुंड-का-झुंड चीं-चीं करता ठीक उनके सिर के ऊपर की डाल पर तोरण-सा लटक गया। वर्षा का वेग तीव्र से तीव्रतर होता जा रहा था। उन्हें लगा, आकाश से विकटाकार भूत-पिशाच उतर, उन्हें घेरकर निःशब्द बैठ गए हैं और उन्हीं के बीच आनन्द भैरवी-सी मन्द-मन्द मुस्कराती बैठी है मणिमाला। हृदय का अनुराग, अबीर वन पूरे चेहरे पर फैल गया था। आँचल विस्रस्त भाव से धरा पर पड़ा था, कंचुकवध शिथिल थे, किन्तु नयनपक्ष्म थे स्थिर। पीपल का एक पत्ता भी नहीं हिल रहा था। रह-रहकर उलूकों की भयावह घूत्कार और शिवालों का चीत्कार गूँज उठता और चिबुक दोनों घुटनों पर टिकाए मणिमाला बार-बार हँस उठती। दीनबन्धु का शरीर अवश जड़िमा में जकड़ा जा रहा था। मणिमाला निर्निमेष भाव से उन्हें देख रही थी। वही मोहक मुखमुद्रा, कृपण स्मित में तिर्यक् हो उठे अधरपुट, नाक पर चमकती सोने की फूलदार लौंग, माँग में सिन्दूर की प्रगाढ़ रेखा और हाथ भर सावनी हरी चूड़ियाँ। हाँ वही तो थी ठीक जैसे पचास वर्ष पूर्व पीली साड़ी पहने नतमस्तका उनके सामने बैठी थी, जब उसके पिता ने कुश सहित उसका अँगूठा उन्हें थमाया था। दीनबन्धु को तनिक भी सन्देह नहीं रहा—यह साक्षात मणिमाला ही थी। यह उनके अपराधी चित्त का विक्षोभ नहीं था। वे अब अपने को नहीं रोक पाए। निःसंज्ञ होकर कब लुढ़क पड़े उन्हें कुछ पता नहीं चला।

कैसा आश्चर्य था कि उस अर्ध-चैतन्यावस्था में भी उनका अतीत उन्हें फिर अपने अभेद्य दुर्ग के जंग-लगे ताले खोल, वही सब दिखाता जा रहा था जिसे वे नहीं देखना चाहते थे। पिता की अकाल मृत्यु के अशौच में, सद्यःघुटा सिर लेकर जीर्ण बस्ता टाँग दस मील की दूरी पार कर स्कूल जा रहा निरीह बालक दीनबन्धु। घर-घर का अनाज पीस, कंडे थाप दिन-रात खटती, दुर्बल

क्षीण देह घिसटती जननी कभी किसी दयालु प्रतिवेशी की दी गई रोटी पर धरी गुड़ की डली। फिर हैजे में माँ की मृत्यु। चरवाहे की नौकरी, फिर सहसा ऊबकर प्राणों से प्रिय गाँव छोड़कर पलायन। कुम्भ मेले में नागा बाबाओं की जमात में औघड़ दिगम्बर बाबाओं की गाँजे की चिलम साधने का काम, फिर एक दिन एक जबरजंग क्रोधी नागा बाबा के चिमटा प्रहार ने पीठ की चमड़ी उधेड़ दी तो पुनः ग्राम को प्रत्यावर्तन। दयालु हेडमास्टर की कृपा से पुनः स्कूल में प्रवेश। हाईस्कूल की परीक्षा में पूरे प्रदेश में प्रथम स्थान प्राप्त किया तो हेडमास्टर की दूरदर्शिता ने विलम्ब नहीं किया। अपनी मातृहीना पुत्री मणिमाला के लिए ईश्वर ने ही शायद घर बैठे यह सुपात्र भेज दिया था। गोरी, उजली, दुबली-सी मणिमाला तब बारह वर्ष की भी नहीं हुई थी। आम की फाँक-सी रसीली शरबती आँखें। तीखी नाक और चिड़िया के-से फड़कते अधर। उसके बिना कंघी किए गए केश पूरे चेहरे पर फैले रहते।

"पगलिया के लिए अच्छा दूल्हा ढूँढ़ लिया हेडमास्टर ने," उसने एक दिन पंसारी की दुकान पर किसी को कहते सुना तो उसका खून खौल गया। वहीं पर उसे एक करारा झापड़ धर दिया।

"अब खुद ही जान लीहौ बबुआ। हम सच कहिन कि झूठ," वह गाल सहलाता चला गया, पर दीनबन्धु के कलेजे में फाँस-सी गड़ी रही। तब क्या सचमुच पागल थी? गौना अभी हुआ नहीं था, कभी-कभार उसने उसकी झलक मात्र देखी थी—कैसा सलोना चेहरा था और कैसी दूधिया हँसी।

वह इन्टर करने शहर चला गया। ससुर ही उसका पूरा ख़र्चा उठाते रहे। मेधावी दीनबन्धु ने ससुर की एक-एक दमड़ी सार्थक की। जिस परीक्षा में बैठा उसी में अव्वल। उस पर प्रतिभा के साथ-साथ विधाता ने उसे अप्रतिम व्यक्तित्व भी प्रदान किया था। सुगठित देह, आजानुबाहु, गौरवर्ण और अल्पभाषी, किन्तु किसी वाद-विवाद प्रतियोगिता में बोलने खड़ा होता तो साक्षात् वाग्देवी जिह्वाग्र पर बैठ जाती। जब पूरे पाँच वर्ष बाद गाँव लौटा तो स्वयं हेडमास्टर भी दामाद को नहीं पहचान पाए। दीनबन्धु का चेहरा एक पल को पीला पड़ गया। क्या अपराधबोध ही उनके चेहरे को ऐसे रक्तहीन बना गया था।

जिस बालिका वधू को दीनबन्धु छोड़ गया था, वह क्या इन पाँच वर्षों में बदली नहीं होगी? उसकी एक झलक देखने, उसका तरुण हृदय सहसा

बल्लियों उछलने लगा। कहाँ छिपाकर रख आए थे हेडमास्टर? उसे उन्होंने कुछ पढ़ाया-लिखाया भी होगा या अपनी ही गृहस्थी की चूल्हा-चक्की में झोंक दिया था?

"अरी मणिमाला! मणि बेटी! कुछ चाय-नाश्ते का प्रबन्ध कर। थककर आए हैं मेहमान। ला लोटा दे, मैं दूध ले आऊँ। तू तब तक चाय का पानी चढ़ा।" वे लोटा लेकर दूध लेने चले गए।

मणिमाला ने पिता की क्षणिक अनुपस्थिति का कोई लाभ नहीं उठाया। पता नहीं वह किस कोने में छिपकर अदृश्य हो गई थी। अधीर सहचर ने खाँसा-खँखारा। एक बार दबे स्वर में बड़ी मनुहार से पुकारा भी—'मणि, मणिमाला! बाहर आकर देखोगी नहीं मुझे?' पर किसे पड़ी थी देखने की।

हेडमास्टर दूध लेकर आ गए। पुत्री की अकर्मण्यता का शायद उन्हें पूर्वाभास था। इसी से थैले से कलाकंद, नमकीन की पुड़िया खोल उन्होंने स्वयं दीनबन्धु के सामने रख दी। फिर खिसियाए क्षमा माँगते स्वर में कहने लगे, "तुम खाओ, मैं ही चाय बनाकर लाता हूँ। मणि बेटी बड़ी शर्मीली है। अभी तुम्हारे सामने नहीं आएगी। जानती है ना कि अभी गौना नहीं हुआ।"

वर्षों पूर्व पंसारी की दुकान पर सुनी वक्रोक्ति दीनबन्धु को शंकित कर गई। कहीं सचमुच ही पगलिया तो नहीं थी मणि? फिर ससुर ने दूसरा हथगोला फेंका, "बेटा, आज तुम्हारी खटिया हमने अपने ही कमरे में डाल दी है। कल पंडितजी से पत्रा दिखा, शुभ लग्न देख, गौना निबटा देंगे। फिर, हमने स्कूल के ही पिछवाड़े अर्जुन पंडित की ही कोठरियाँ किराए पर ले ली हैं। वहीं अपनी नई गृहस्थी जमाना।"

इस प्रकार दीनबन्धु का पहला हनीमून ससुर के साथ सम्पन्न हुआ। बड़ी सुबह किसी के खिलखिलाने की आवाज़ से वह चौंककर जग गया। उसके साथ ही हेडमास्टर भी हड़बड़ाकर उठे और भीतर चले गए। बाप-बेटी का वही वार्तालाप, उसी दिन उसके कानों में विष घोल गया था।

"अरी तू क्या अपनी आदत से बाज नहीं आएगी? सुबह उठते ही ऐसे कोई हँसता है? वह भी जब दामाद जानते हैं कि तू अकेली है, कहीं रूठकर चला गया तो ज़िन्दगी भर रोएगी करमजली। चुप कर!"

पिता की हृदयहीन चेतावनी की धज्जियाँ उड़ाती वह फिर हँसी। इस बार हँसी का वेग और विलम्बित था, "मणि मेरी बच्ची, ऐसे नहीं हँसते, अच्छा जा, पड़ोस की चाची के यहाँ जाकर जी भरकर हँस आ।"

पता नहीं वह फिर पड़ोस की चाची के यहाँ हँसने गई या नहीं पर फिर घर में देर तक सन्नाटा छाया रहा। तीसरे दिन गौना भी हो गया, विदा भी। हेडमास्टर ने पुत्री की नई गृहस्थी सजाने का पूरा सरंजाम जुटा दिया था, रज़ाई का बक्सा, बर्तन, स्टोव मशीन, कपड़े, गहने और दो-दो लालटेन।

"खाना तुम लोगों को नहीं बनाना होगा, मैं ही ले आया करूँगा बेटा, कुछ दिन आराम करो, फिर गृहस्थी जमाना।" पर दीनबन्धु के जीवन में वह दिन फिर कभी नहीं आया।

गहनों-कपड़ों में गुड़िया-सी सजी नववधू के कमल से उत्फुल्ल चेहरे को देख वह मुग्ध हो गया। सुना था, विदा होने के दिन लड़कियाँ फूट-फूटकर रोती हैं, पर वह तो हँस रही थी। निर्मल उजली हँसी से सुकोमल चेहरा प्रतिपल उद्भासित हो रहा था। कौन कहता था वह पागल है। उसकी सलज्ज हँसी, काजलअँजी भयभीत मृगी-सी निर्दोष नत नयनों की आर्द्रता, पान की लालिमा अनाड़ी अधरों से चूकर सुडौल चिबुक तक उतर आई थी। मेंहदी से रँगी गुदगुदी हथेलियों को एकान्त पाते ही दीनबन्धु ने अधरों से लगा लिया तो नटी की-सी छलाँग लगा तुनककर दूर खड़ी हो गई। "जिन छुओ हमका, हम मार देब।"

दीनबन्धु हत्चेष्ट, अवाक् निःशब्द बैठे ही रह गए। फिर भी अपने को रोक नहीं पाए। मणि के बद्ध उन्माद ने जैसे उसके सौन्दर्य को और भी अपूर्व बना दिया था। दोनों कपोल क्रोध से आरक्त हो उठे थे। प्रबाल से रक्ताभ अधरपुट रह-रहकर काँपते-खुलते बन्द होते जा रहे थे, फिर एकाएक एक मन्द स्मित उन्हीं अधरों पर खेलने लगा, जैसे निराश प्रणयी से कह रहा हो—"मेरे क्रोध की परवाह न करो। आओ मेरे पास। मुझे अपनी बाँहों में बाँधकर तो देखो।" सौन्दर्य की प्रभवभूमि। यौवन का वह मूर्त विग्रह उसके नारी विरहित प्राणों को उल्लसित कर उठा। आज तक उसने किसी नारी का स्पर्श तो दूर, किसी नारी की ओर आँख उठाकर देखा तक नहीं था। उसे लगा, सामने खड़ी भैरवी-सी मदालसा उसकी किशोरी नववधू ने उसके सर्वांग को विलिप्त कर दिया है, अपने जादू से, अपनी मोहिनी से। अपने भर्राए कंठ में अपने अधीर कामोन्मत्त हृदय की समस्त दीनता, याचना उँडेल दोनों हाथ फैलाकर उसने कहा, "आओ मणि, मेरे पास आओ।" चंचल आँखों की लीलापरायणता एक पल को सजग हुई, होंठों पर हँसी झलकी। मोती-से दाँतों की झलक देख, प्रणयी याचक बड़ी आशा से आगे बढ़ा। तब ही

मणिमाला ने मेज पर धरा काँच का गिलास खींचकर दीनबन्धु के ललाट पर दे मारा।

निशाना अचूक था। रक्त की धार बह चली। तिलमिलाकर एक हाथ से रक्त के प्रवाह को रोकता दीनबन्धु वहीं पर बैठ गया। आँखें खोलीं तो देखा, वह कमरे में अकेला है। खिड़की से झाँका तो मणिमाला घुटनों तक नई साड़ी समेटे बगटुट पितृगृह की ओर भागी जा रही थी। यही दीनबन्धु की सुहागरात थी। थोड़ी ही देर में भागते बदहवास हेडमास्टर ने उनके दोनों पैर पकड़ लिये–"हमें माफ कर दो बचुआ, बड़ी भूल कर बैठे हम, जो लोगों के कहने में आ गए कि हेडमास्टर शादी कर दो तो बौरही ठीक हो जाएगी। मैं क्या जानता था कि अभागी अपना ही सर्वनाश कर बैठेगी।"

दीनबन्धु ने एक शब्द नहीं कहा। दूसरे ही दिन सूर्य उगने से पहले ही वह बिना किसी से कुछ कहे गौने में मिली समस्त गृहसज्जा की सामग्री और गृहिणी दोनों को छोड़ एक प्रकार से संसार त्यागी ही बनकर निकल गया। पहले गया बिहार, फिर महाराष्ट्र, फिर पंजाब। कहीं शान्ति नहीं मिली तो वर्धा जाकर गांधीजी के चरण पकड़ लिये। कई बार जेल गया, लाठियाँ झेलीं, दोनों घुटने टूटे, हाथ टूटा, सिर फटा और आज उन्हीं टूटे हाथ, फूटे घुटनों, फटे सिर की कृपा से वह देश से पाई-पाई का सूद वसूल कर सर्वोच्च सिंहासन पर आरूढ़ था।

इस बीच ससुर ने उनकी समृद्धि का समाचार पाकर एक पत्र भी लिखा–मुझे क्षमा करो, न करो, उसको क्षमा कर देना बेटा। इधर गौने के बाद जब तुम चले गए तो उसका उन्माद बहुत बढ़ गया था। खटिया से बाँधकर रखना पड़ता था, हारकर आगरे के पागलखाने में डाल आया हूँ। मेरा क्या ठिकाना, आज हूँ, कल नहीं। वह कभी ठीक होकर लौटे तो अपने चरणों में उसे स्थान देना बचुआ। तुम्हारा गुरु रहा हूँ, यही गुरुदक्षिणा होगी मेरी।

और कैसी गुरुदक्षिणा दी थी उसने! इस बीच दीनबन्धु ने कितनी ख्याति बटोरी–कैसे-कैसे उच्च गरीयसी पदों को अपनी महिमा से महिमान्वित किया। उसके वैभव ने, सत्ता ने लक्ष्मी को उसके चरणों की दासी बनाकर रख दिया। न जाने कितने सहस्र पुष्पहार कंठ में पड़े।

हेडमास्टर की मृत्यु का समाचार उन्हें मिल गया था। अपने ही पुराने विश्वविद्यालय के एक रीडर की पुत्री से प्रेम-विवाह भी किया। दबंग पत्नी

ने दो-दो पुत्र और एक पुत्री का पिता भी बना दिया। उनका भव्य सौध पूरे शहर की शोभा बन गया था। संगमरमरी फर्श, सौराष्ट्र से लाए गए दरवाज़े। मेहराबदार झरोखे, हरीपुरा कांग्रेस के प्रवेश द्वार की अनुकृति में बना प्रवेश द्वार और दर्शनीय बगीचा। द्वार पर झंडा लगी गाड़ी खड़ी रहती और नतजानु खड़ी रहती भक्तों की भीड़, दूरदर्शनी कैमरे, प्रेस की पंगत। लोगों का कहना था, भारत के होनहार भावी प्रधानमन्त्री के पैर पालने ही में नज़र आने लगे हैं। बीमार पड़ते तो इलाज विदेश में होता। साथ में जाता पूरा परिवार, अनुग्रह से दोहरे हुए जा रहे निजी चिकित्सक। यहाँ तक कि कनस्तरी में गंगाजल भी साथ-साथ चलता। देश में सूखा हो या देशवासी भूखा। दीनबन्धु की धारावाहिक विदेश यात्राओं को कोई रोक नहीं सका था। प्रेस ने एक-दो बार बरछी-भाले भी साधे पर दीनबन्धु के कानों में जूँ भी नहीं रेंगी। मित्रों ने सावधान भी किया तो बोले, "देखो, आजकल कुछ भी काम कराना हो, किसी का मुँह बन्द कराना हो तो चाँदी का जूता मारो और किला फतेह। जब चाहूँ विदेशी आसव की नदियाँ बहा दूँ और फिर देखो मेरी वाहवाही। कोई भी अख़बार खोल लो।" किन्तु, विधाता तो मूँछों-ही-मूँछों में मुस्करा रहा था और वह मुस्कराहट भला कौन देख सका है।

दीनबन्धु तिरुपति में किसी महत्त्वपूर्ण जलसे में भाग लेने गए थे। चित्त अशान्त था। जिस राजनीति की बारहखड़ी उन्होंने रटी थी उसकी नवीन लिपि उनकी समझ में नहीं आ रही थी। ऊटी में उनके एक पुराने उद्योगपति मित्र थे। उन्हीं की शैटी में कुछ दिन विश्राम करने का निमन्त्रण मिला और वे चले गए। जाने उस खोह में भी कैसे उस घातक पत्र ने उन्हें ढूँढ़ लिया। पत्र उनके छोटे साले भवनाथ का था। अच्छा था जो घर के पते पर नहीं गया। घर पर मिला होता तो उनकी शक्की पत्नी रत्ना खोलकर अवश्य पढ़ती और अनर्थ हो जाता। आज तक उन्होंने अपने अतीत को बहुत गहरे गाड़कर ऐसे अलोप कर दिया था कि उनके प्रथम विवाह की किसी को बू भी नहीं लग पाई थी। आज जब वे एक भरे-पूरे सुसंस्कृत शिष्ट परिवार के बुजुर्ग थे, नाना थे। दादा थे, देश की बहुचर्चित विभूति थे तब इस पट्ठे बेहूदे, नालायक भवनाथ ने कैसे उनका पता लगा लिया? बड़े साले रघुनाथ से उन्हें कभी कोई भय नहीं रहा, वह तो जन्म से ही मंगोल था। पूरा बौड़म! शायद अब तक मर-खप भी गया हो। पगलिया पागलखाने में बन्द थी, पर भवनाथ?

प्रिय जीजाजी, नमस्ते,

हम यहाँ कुशल से हैं, आपकी कुशल नेक चाहते हैं। आगे समाचार है कि सुना आप बहुत बड़े मंतरी हुई गए हैं। खुशी भई, हमारा ख्याल धरें और हमारे छुटकने को कहीं चपरासी-उपरासी रखा दें। पाँचवीं फेल है। घर की हालत ठीक नहीं है। पिछली बरसात में छत ढह गई थी। जीजी आगरे से ठीक होकर आ गई हैं। हमारी घरवाली कहती है, हमारा परिवार बहुत बड़ा है, आठ-आठ बच्चे हैं। फिर पैर भारी हैं। बड़े भैया नहीं रहे। कहती है, जिनकी चीज़ है वे ले जाएँ। सो, परसों हम जीजी को लेकर आपके पास आ रहे हैं। टेसन से हमें ले लें।

आपका
भवनाथ

जिस दीनबन्धु ने देश की बड़ी-से-बड़ी समस्याओं का समाधान चुटकियों में किया था, वे सहसा इस आकस्मिक झटके से अवश हो गए। किन्तु, उस मस्तिष्क के कल-पुर्जे क्या साधारण कल-पुर्जे थे? एक पल में चेहरे की उदासी छँट गई। स्टेशन पर वे स्वयं ही गाड़ी ड्राइव कर पहुँच गए। ऊटी का छोटा-सा स्टेशन। गाड़ी रात के दो बजे पहुँची। शॉल को सिर से पैर तक लपेटे वे धैर्य से खड़े रहे। इतने वर्षों बाद क्या वे उन्हें पहचान पाएँगे? पर पहचानते कैसे नहीं? उसमें क्या ज़रा भी बदलाव आया था? शरीर में सामान्य-सी मेद की परत चढ़ी थी, किन्तु चेहरे पर अभी भी कैशोर्य की लुनाई थी और वही मोनालिसा की-सी रहस्यमयी मुस्कान।

भवनाथ को हाथ पकड़ एक कोने में खींच, दीनबन्धु ने उसके कान में न जाने कौन-सा मन्त्र फूँका कि उसका चेहरा खिल उठा। जीजा से भारी थैली एक प्रकार से खींचता वह बोला, "आप निसाख़ातिर रहें जीजा, हम कभी आपको परेशान नहीं करेंगे।" रुपयों से ठँसी थैली थमा दीनबन्धु ने मूर्ख साले को वहीं से विदा कर दिया और पत्नी के हाथ का थैला स्वयं थाम, गम्भीर स्वर में कहा, "चलो मणिमाला," वह सिर झुकाए, मन्त्रपूत डोर में बँधी, धीर मंथर गति से पति के पीछे-पीछे वैसे ही चली जा रही थी जैसे पचास वर्ष पूर्व उसकी चादर से बँधी सप्तपदी के फेरों में चल रही थी। स्वयं चालक की सीट पर बैठ दीनबन्धु ने हाथ पकड़कर मणिमाला को अपने पार्श्व में बैठा लिया। न वह एक शब्द बोली, न हिली, न डुली।

"कैसी हो मणिमाला?" बड़े मीठे स्वर में दीनबन्धु ने पूछा और कनखियों

से उसकी ओर देखा। गाड़ी तीव्र गति से भागती, अरण्य चीरती चली जा रही थी। सामने नीलगिरि की धूमिल पर्वत-श्रेणियाँ दिख रही थीं और उनके वक्ष पर फैली थी चाय बागानों की मोहक हरीतिमा। हवा के वेग से मणिमाला के पूरे केश चेहरे पर वैसे ही फैल गए जैसे पहले फैल जाया करते थे। निर्दोष चेहरा कितना सुन्दर लग रहा था। अक्षत कौमार्य की कस्तूरी की-सी महक पाकर नारी देह के अनुपम जौहरी के नथुने फड़क उठे। नहीं, अपने दौर्बल्य पर उसे आज अंकुश लगाना ही होगा। सोने की लौंग रह-रहकर नन्हीं टार्च-सी चमक रही थी। स्मृतियों के गह्वर में भटकता दीनबन्धु सहसा फिर सचेत हो उठा। एक रात इसी सहचरी के मोहक सौन्दर्यपाश में बँधा वह कैसा पागल बन गया था। जी में आया था उसे अपने अजेय पौरुष की पूरी शक्ति से पराजित कर बाँहों में कीमे-सा मसल दे। शायद वह यही करता भी, पर तब ही उस काँच के गिलास का आघात उसे तिलमिला गया था।

"मणि", उसने फिर कहा, "याद है तुमने मुझे उस रात गिलास खींचकर मारा था। देखो, तुम्हारी निशानी वैसी ही धरी है।" ललाट के अर्धचन्द्राकार घाव के निशान पर अँगुली धर बंकिमग्रीवा कर, पार्श्वसंगिनी की ओर उन्होंने हँसकर देखा। एक क्षण को उनकी मुड़ी ग्रीवा मणिमाला के सुचिक्कन कपोलों से छू गई। अपराधिनी ने पश्चात्ताप से विगलित होकर चिबुक वक्षस्थल से सटा लिया। उसकी मौन मूक क्षमायाचना, उसकी उसी विवश मुद्रा में मुखर हो उठी।

"आओ, तुम्हें एक सुन्दर पहाड़ी पर ले चलें, नीचे नदी बहती है, पर बड़ी तीखी चढ़ाई है। आओ, मेरा हाथ पकड़ लो।"

मणि छुईमुई-सी पति का हाथ पकड़े उस तीखे पहाड़ पर चुपचाप चढ़ने लगी। पति के हाथ में उसका हाथ रह-रहकर काँप रहा था। चोटी पर पहुँचे तो दीनबन्धु ने कहा, "देखो मणि, नीचे देखो, कितनी सुन्दर नदी है और कैसा घना जंगल।" ऊँची चोटी के नीचे गहरी खाई को देख मणि ने भय से आँखें बन्द कर लीं। तब क्या सम्भावित मृत्यु की आसन्न पदचाप उसने सुन ली थी, या एक पल को पति के चेहरे पर निबद्ध उसकी निष्पाप आँखों ने उन आँखों की कुटिल भाषा पढ़ ली थी? उसने भय से आँखें मूँद लीं और उन्हीं बन्द आँखों का सुअवसर पा महान देश-सेवक दीनबन्धु शर्मा ने अपने नाम की सार्थकता को क्षण-भर में मटियामेट कर अपनी सशक्त बाहुओं की पूरी शक्ति से उसे नीचे धकेल दिया। झाँककर देखा तो गहन वृक्षों से

घिरे बीहड़ में उसके आँचल की एक झलक भी नहीं दिखी।

फिर वह धीरे-धीरे उतार उतरा, कार में बैठा और घर चला आया। लाश को कोई कभी ढूँढ़ नहीं पाएगा। भाई पूछेगा तो कह देंगे पगलिया तो थी ही, फिर भाग गई। और फिर कुछ ऐं-वैं करी तो उसका भी उचित प्रबन्ध करने में वे समर्थ थे। और फिर तुलसीदासजी ही तो कह गए हैं–''समरथ को नहिं दोस गुँसाईं।''

किन्तु, उस रात के बाद दीनबन्धु कभी सो नहीं पाए। पहले ही दिन आँख लगी ही थी कि मणिमाला पैरों के पास आकर बैठ गई, जैसे पालतू बिल्ली हो। वह हड़बड़ाकर उठे, हाथ-मुँह धोया, अलमारी खोलकर बोतल निकाली, नीट जिन से कंठ तर किया, पर कलेजा धड़कता रहा। बाप रे बाप, कैसा सपना था। लग रहा था, साक्षात मणिमाला ही आकर बैठ गई है। आँख लगी ही थी कि फिर वह हँसी। तब से वही हँसी निरन्तर उनका पीछा कर रही थी। लगता था पागल कर देगी वह हँसी। उठते-बैठते, संसद में, यहाँ तक कि प्रधानमन्त्री की उपस्थिति में भी वही खुकखुक।

''क्या बात है दीनबन्धु,'' एक दिन प्रधानमन्त्री ने उनसे पूछ भी दिया, ''तुम बीच-बीच में ऐसे सहमे-डरे कैसे दिखने लगते हो? तबीयत ठीक नहीं है क्या? मैं तुम्हारी उलझन खूब समझ रहा हूँ। तुम्हें किसी अच्छे साइकिएट्रिक की ज़रूरत है। क्या कष्ट सता रहा है तुम्हें।'' दीनबन्धु क्या कहते? कानों में तो वही हँसी फिर गूँजने लगी थी।

''देखो दीनबन्धु, मैं जानता हूँ, तुम्हें तुम्हारे पुत्रों और दामाद की चिन्ता खाए जा रही है, किन्तु चिन्ता मत करो। तुम्हारा कोई कुछ नहीं बिगाड़ पाएगा। मैं तुम्हें एक राय अवश्य देना चाहूँगा, चूँकि तुम्हारे पुत्र और दामाद सप्रमाण गिरफ्तार हो चुके हैं, तुम्हारे हक़ में यही ठीक होगा कि तुम स्वयं त्यागपत्र दे दो। तुम्हारी प्रशंसा ही होगी कि तुमने सत्ता का मोह त्याग दिया।''

किन्तु, ऐसा नहीं कर पाए थे दीनबन्धु। क्यों वे अपनी सन्तान की करनी का फल भोगें? मलाई उन्होंने भी खाई अवश्य थी, किन्तु मजाल थी एक चुगलखोर बूँद भी कभी उनकी सफ़ेद मूँछों पर लगी हो। वैसे भी सफेद मूँछों पर सफेद मलाई एकाकार होकर घुलमिल जाती है, यह वह जानते थे। ''नहीं, मैं त्यागपत्र नहीं दूँगा। त्याग-पत्र देने का अर्थ होगा कि मैंने भी कहीं-न-कहीं ठोकर खाई है। आप शौक से इन्क्वायरी कमीशन बिठाइए। कैसी ही विकट अग्नि-परीक्षा क्यों न हो, मैं खरा उतरूँगा।''

फिर, मानसिक यातना का एक लम्बा दौर चला था। न जाने कितनी बार छापे पड़े। घाघ अफसरों की पूछताछ ने एक ही महीने में उनके तेजस्वी चेहरे की आब पर झाड़ू फेरकर रख दी। समाचार-पत्रों को तो पुष्ट मूलधन मिला ही, मित्र भी चटखारे लेने लगे और खोजी पत्रकारों की पूरी टोली उनकी छाती पर मूँग दलने बैठ गई। अख़बारों में नित्य छप रहे अपने चित्र देखते तो विश्वास ही नहीं होता कि यह वही चेहरा है जो तीन महीने पहले बगुले के पंख-सी खादी टोपी के नीचे अपूर्व स्वास्थ्य की लालिमा से दगदगाता था। वे बार-बार दर्पण देखते, आँखों के नीचे कालिमा के घेरे, चेहरे पर बरस रही अजीब-सी मनहूसियत, जैसे अभी-अभी मुर्दा फूँककर घाट से लौटे हों।

बात तो ठीक ही थी, मुर्दा ही फूँककर तो लौटे थे। एक तो उनका जघन्य अपराध, दूसरा वह अशरीरी हँसी। भूत-प्रेत, प्रेतात्माओं में उनका विश्वास कभी नहीं रहा। प्रतिदिन गायत्री का जाप, विष्णु सहस्रनाम, गजेन्द्रमोक्ष का पाठ करनेवाले इस कुलीन ब्राह्मण के पास क्या कोई दुष्टात्मा फटकने का दुःसाहस कर सकती थी? वह वही हँसी, मणिमाला की चाबुक मारती हँसी उनकी चमड़ी उधेड़ गई। अब एक ही उपाय था, स्वयं गृहत्याग कर कहीं खो जाए। इतने बड़े संसार में क्या उन्हें छिपने का स्थान नहीं जुटेगा? आधी रात को स्वयं कार ड्राइव कर वे न जाने कितनी दूर निकल गए। सारी रात गाड़ी चलाई थी, सारा दिन! फिर उस अरण्य को ललचाई दृष्टि से देख वे कार दूर खड़ी कर पैदल चलते गए। वे जानते थे, अख़बारों के मुखपृष्ठ में कल यही प्रमुख समाचार होगा कि किसी ने उनका अपहरण कर लिया। उग्रवादियों की हिटलिस्ट में तो उनका नाम सर्वोपरि था। किसी को आश्चर्य इसलिए भी नहीं होगा कि राजधानी में इन दिनों कितने विदेशी राजदूत, मदारी के जंबूरे की भाँति छूमन्तर हो गायब हो चुके थे, भारत ही पीछे क्यों रहे?

बेटे और दामाद तो चप्पलों की तकिया बना, जेल में सड़ ही रहे थे। रत्ना थोड़े दिन रोएगी-धोएगी। बेटी के अनेक पुरुष मित्र थे। बेटे रहें न रहें, बहुएँ सदासुहागिन रहेंगी, यह वह जानते थे।

कैसे-कैसे सपने देखे थे दीनबन्धु ने। जाने के दिन तो आ ही रहे थे। दो-दो बार दिल का दौरा पड़ चुका था। रक्तचाप सदा उत्तुंग शिखर पर आरूढ़ कनपटियों पर दिन-रात हथौड़े बरसाता रहता था, पर एक ही सुखद कल्पना

उन्हें सहलाती रहती, जाएँगे तो उसी ठाट से, जिसमें जिए हैं। सारंगी की करुण रागिनी के साथ, श्वेताम्बरा सुन्दरी सुलोचना दूरदर्शनी उद्‌घोषिकाओं का ऐसे मातमी स्वर में उद्‌घोष, जैसे अरथी स्वयं उन्हीं के घर से उठी हो, "हम अत्यन्त खेद के साथ सूचित करते हैं कि देश के वरिष्ठ मन्त्री, जाने-माने विद्वान, भाषाविद्, देशसेवी फलाँ का आज अचानक हृदयगति रुक जाने से देहान्त हो गया।" फूलों से ढकी देह, नासिका रंध्र में पड़ी रुई की फुनगियाँ, ललाट पर चन्दन की पावन रेखा, शोक-सन्तप्त परिवार को सान्त्वना देते स्वयं प्रधानमन्त्री, जनता का तुमुल निनाद, 'जब तक सूरज चाँद रहेगा, दीनबन्धु तू अमर रहेगा', नीचे झुकी बन्दूकें। अन्तिम विदा की तुतुरी बजाता बिगुल।

मणिमाला फिर हँसी। इस बार वह हँसी असाधारण थी यानी पूरा अट्‌टहास। साथ ही बिजली फिर कड़कड़ कर कड़ाक गिरी।

दीनबन्धु एक हाथ में छाती दबाए वहीं पर लोट गए। राशिभूत अट्‌टहास स्वयं शान्त हो गया। साथ ही मेघों का उत्पात भी। चमगादड़ों का झुंड सर्र से उड़ता, अपने भयावह डैने फटफटाता न जाने किस दिशा में खो गया। दीनबन्धु की भीगी देह निष्प्राण पड़ी थी। दयालु प्रकृति ही शायद उन्हें अन्तिम स्नान करा गई थी।

मणिमाला का प्रतिशोध शत-प्रतिशत सफल रहा था। केवल हँसी के आयुध से ही उसने अपना बदला ले लिया। यही नहीं, ऐसे बीहड़ में ला पटका, जहाँ यमदूत भी उसकी देह को नहीं ढूँढ़ पाएँगे। ठीक जैसे उसकी देह को भी आज तक कोई नहीं ढूँढ़ पाया।

एक तीव्र हवा के झोंके ने पीपल के कुछ पीले सूखे पत्ते दीनबन्धु की छाती पर गिरा दिए। यही उसका पुष्पहार था। रात बीत गई। पक्षियों के नीड़ में फिर हलचल होने लगी। बीमारी से उठे किसी दुर्बल रोगी की-सी सूर्य की कमज़ोर किरणें धीरे-धीरे उस सुप्त कांतार को जगाने लगीं।

मणि ने सोचा था कि कोई नहीं ढूँढ़ पाएगा उस अभिशप्त देह को। यह भूल थी मणिमाला की। उस देह को ढूँढ़नेवालों ने उसे ढूँढ़ ही लिया था, क्योंकि काँव-काँव करते काक परमानन्द से अपनी बिरादरी को सहयोग के लिए आमन्त्रित करने लगे थे और चील, गिद्धों की चक्राकार टोली निष्प्राण देह के क्रमशः निकट आती, नीचे उतरती चली आ रही थी।

फिरबे की? फिरबे?

आज भले ही उस परिवार की समृद्धि, यश, ख्याति मटियामेट हो गई हो, कभी उसकी गणना पहाड़ के समृद्धतम परिवारों में की जाती थी। घटना तब की है यानी तीस वर्ष पूर्व की, आज तो वह भव्य सौध, वीभत्स खँडहर के रूप में खड़ा है, कभी भी कुमाऊँ की वेगवती वर्षा, उसे धराशायी कर सकती है। जिस बाग में सदा, दमिश्क के-से गुलाब खिले रहते थे, अखरोट, मिहिल और सेब से लदे वृक्षों की शोभा देखते ही बनती थी, वहाँ आज खड़ा है दाड़िम का एक ठूँठ रह गया वृक्ष, जो किसी वन्ध्या नारी की वेदना का मूर्तिमान विग्रह बना झुकता-झुकता बंकिम होकर गिरने को तत्पर है, किन्तु, कभी इसी गृह की कैसी शोभा थी, खिड़कियों पर लगे चीनी रेशम के पर्दे, देवदारी हवा के सशक्त झोंकों में किसी चंचला किशोरी के उत्तरीय से लड़ने लगते, तो बीसियों नौकर बड़ी-बड़ी काँच लगी खिड़कियों को फटाफट बन्द करते हाँफ उठते, खिड़कियाँ भी क्या एकआध थीं? पूरी चौबीस और दस-दस दरवाज़े, जिन्हें कभी तिब्बती द्वारों की अनुकृति में ढाला गया था। तब शायद किसी ने नहीं सोचा था कि आनेवाली पीढ़ी की छह-छह फुटी देह को दोहरी कर ही आगंतुक के लिए प्रवेश पाना सम्भव होगा। कभी-कभी द्वारों की कृपण ऊँचाई को भूल, तेज़ी से भीतर चले आते तो सिर बुरी तरह टकरा जाता और वे खोंखियाकर अपने पूर्वजों को कोसने लगते, 'क्या हमारे दादा, परदादा बौने थे, जो हम भी वैसे ही होंगे, समझ लिया?' गृह के तीनों सुदर्शन बेटों के अरसिक नाम, भले ही ठेठ पहाड़ी हों—हरदत्त, रुद्रदत्त और शिवदत्त, उनका व्यक्तित्व, क़द-काठी, आँखों का रंग एकदम पहाड़ी नहीं था, आमतौर पर ऐसी दीर्घांगी देह का वरदान, विधाता कुमाउँनियों को कुछ कृपणता से ही देता है। तीनों की स्फीत सुगठित मांसपेशियाँ, लपटें मारता उज्ज्वल गौर

वर्ण और महाराष्ट्री चितपावनी ब्राह्मणों की-सी हरी आँखें। हो सकता है हमारे पूर्वज भी चितपावनी ब्राह्मण रहे हों, कुमाऊँ के गज़ेटियर में, कोंकण से आकर यहाँ बस गए किसी पंत का उल्लेख है तो ठुलदा (बड़े भाई) छोटे शिवदत्त ने कहा, तो उसके दोनों अग्रज, छोटे की इस खोज से बड़े प्रभावित हो गए थे। वैसे भी तीनों में छोटा ही सबसे तेज़ था। पिता रायबहादुर चिन्तामणि पंत को वैसे तो अपनी पूरी सन्तान पर ही बड़ा नाज था, पर छोटा शिबुआ था उनका लाड़ला ओंछन-पोंछन। दूर से देखने में लगता, कोई फिरंगी ही चला आ रहा है। तीनों को, उन्होंने नैनीताल के तत्कालीन प्रख्यात अंग्रेज़ी, फ्लेंडर स्मिथ के बोर्डिंग में रखकर पढ़ाया था, किन्तु छुट्टियों में घर आते तो पंडित गोपालदत्त शास्त्री को, उन रेस के घोड़ों की लगाम थमा दी जाती, सारी छुट्टियाँ, परस्मैपद, आत्मनेपद के रूप रटते-रटते बेचारे ऊब उठते।

रायबहादुर, शिव के अनन्य भक्त थे। तीनों पुत्रों के नाम भी उन्होंने अपने इष्ट के नाम पर ही धरे थे। न जाने कितनी रुद्राष्टाध्यायी 'चमक' के अनुसार 1771 आहुतियाँ की थीं, तब जाकर कहीं विवाह के पूरे दस वर्ष पश्चात, महारुद्र ने प्रसन्न होकर उन्हें सन्तान-सुख दिया था। और इसके बाद तो उनकी डेढ़ हड्डी की क्षीणकाया पत्नी ने रत्नगर्भा बन प्रत्येक वर्ष उन्हें एक सन्तान का पिता बना दिया था। हरदत्त, रुद्रदत्त और शिवदत्त और वयःकनिष्ठा पुत्री सरस्वती, जिसे वे बड़े दुलार से पुकारते थे 'सरुली'। पत्नी का मायका नहान में था, इसी से रूप सन्तान ने जननी का पाया, बुद्धि पिता की। यद्यपि, रायबहादुर जानते थे कि उनके अटूट वैभव के पीछे, केवल हाड़-तोड़ ईमानदार परिश्रम की ही भूमिका नहीं है, उनकी बुद्धि थी अनूठी। विधाता ने, असंख्य शक्तिशाली कम्प्यूटर ही उनके दिमाग में फिट कर जीता-जागता रोबोट बनाकर ही, उन्हें पृथ्वी पर भेजा था। उनका-सा क्रिमिनल लॉयर, कुमाऊँ में क्या, पूरे देश में भी शायद ढूँढ़ने पर न मिलता। कैलाशनाथ काटजू, सर तेजबहादुर सप्रू यहाँ तक कि मोतीलाल नेहरू भी कभी-कभी उन्हें परामर्श लेने इलाहाबाद बुला भेजते।

खूँख्वार, दरिन्दे खूनियों के तो वे जीते-जागते मसीहा थे। जिरह करने खड़े होते, तो दर्शकों की भीड़ से अदालत भर जाती और कन्धे-से-कन्धा छिलने लगता। फाँसी के फन्दे का भय फिर रहता ही किसे था? सच को झूठ और झूठ को सच प्रमाणित करने में उन्हें कमाल हासिल था। उनकी ज़िरह सदा अजेय रहती और खूनी मूँछों में ताव देता, फिर उन्मुक्त विहंग-सा

अपराधाकाश में ऊँची उड़ान भरने लगता। उधर, रायबहादुर की तिजोरी, दिन-पर-दिन समृद्ध हो उठती। कभी-कभी रात को वे करवटें बदलते उदास हो जाते। एक ओर शिव की ऐसी भक्ति, दूसरी ओर पाप की यह कमाई! एक जटिल मुक़दमे ने तो उनका चैन ही छीन लिया था। कलूर की पूरी घाटी ही तब कुख्यात हत्यारों की प्रिय कर्मस्थली थी। ज़र, जोरू, जायदाद–वहाँ इन तीनों को लेकर ही आए दिन नृशंस हत्याएँ होती रहतीं और निर्भीक हत्यारे, रक्त से सने गँडासे काली गंगा में फेंक, रातों-रात अल्मोड़ा पहुँच, मोहरों से भरी थैलियाँ, रायबहादुर के चरणों में उलट देते–"माई बाप, हमारे तो आप ही भगवान हो" जितनी बार मुकदमा जीतते, उतनी ही बार उनकी शिव-भक्ति वन्या के वेग-सी फूट निकलती। कभी चावल के, कभी मिट्टी के असंख्य शिवलिंगों का सुदीर्घ पार्थिव पूजन, कभी जागेश्वर के मन्दिर में, एक पैर पर खड़े रहकर दीप-दान! जब, अंत्यज जाति के, क्रूर हिंसक, यानी निषाद शबर को भी, अनजाने में की गई शिव-भक्ति ने उबार लिया तो क्या उन्हें नहीं उबारेंगे भोलानाथ? तृषार्त्त शबर, जब जलाकांक्षी हो, घने जंगल में स्थित एक जलाशय के पास पहुँचा और रात उस लुब्धक ने वहीं बितानी चाही और शयन के लिए भूमि साफ करने लगा तो विल्ववृक्ष के नीचे, एक स्वतःसिद्ध शिवलिंग छू गया। भीगे हाथों के जल के छींटे भी स्वयं शिवलिंग पर पड़े, झुकी डाल तोड़ने में विल्व-पत्र भी, रात को थकान के कारण नींद भी नहीं आई तो जागरण भी हो गया। वह शिवरात्रि का दिन था और वह अनायास ही शिवसामुज्य को प्राप्त हो गया–"शिवलोके तदा प्राप्तं विमानं गण संयुतम" बचपन में माँ से सुनी इसी कहानी ने उन्हें शिव-भक्त बना दिया था। भले ही उन्होंने धतुली देवी के पतिहंता खड़कसिंह को अपनी पुष्ट ज़िरह के बल पर, भरी अदालत में निर्दोष सिद्ध कर, अपनी तिजोरी एक बार फिर ठसाठस भर ली थी, किन्तु उस दरिद्र विधवा युवती की डबडबाई आँखों में, अपने प्रति उभरी, अवज्ञा, लांछना और घृणा की रेखाएँ उन्हें भीतर-ही-भीतर कँपा गई थीं। कभी-कभी आधी रात को वे हड़बड़ाकर उठ बैठते। लगता उस असहाय विधवा की डबडबायी आँखें, शिकारी कुत्तों की भाँति उनका पीछा कर रही हैं, यह ठीक था कि उन्हें किसी का भय नहीं था। अंग्रेज़ लाट कमिश्नर सबकी कृपादृष्टि उन पर थी, नहीं तो क्या रायबहादुरी ऐसे ही मिल जाती? फिर, उन दिनों की रायबहादुरी क्या आज के पद्मविभूषण से कुछ कम थी। लाट साहब, तराई में शेर के शिकार को पधारते, तो हाँके

से लेकर शिकार के यथोचित प्रबन्ध का भार भी उन्हीं पर रहता। यह भी एक ऐसा प्रसंग था, जिसकी फाँस अन्त तक उनके कलेजे में गड़ती रही। इस बार जान-बूझकर ही उन्होंने लाट साहब से, उस गर्भिणी सिंहिनी का शिकार करवाया था। हौदे पर वे भी बन्दूक लिए लाट साहब के साथ बैठे थे, दो-दो तगड़े पाठों का प्रलोभन दिखा उन्होंने शेरनी को, ठीक ही समय पर वहाँ खींच लिया था, सन्ध्या के झुटपुटे आलोक में लाट साहब उस शेरनी की दुरवस्था को जैसे देख न पाएँ। देख लिया तो वह अंग्रेज़ कभी गर्भिणी सिंहिनी पर बन्दूक नहीं चलाएँगे, यह वे जानते थे। ल।ख दुर्गुण हों उस फिरंगी कौम में, मानवता की वह कभी अवमानना नहीं करेगी! गर्भभार से और दो-दो पाठों के गरिष्ठ ग्रासों से, सिंहिनी हिल भी नहीं पा रही थी और वहीं पसर गई थी। "देखिए सरकार, कैसा तगड़ा शिकार है। देख क्या रहे हैं, दागिए बन्दूक, नहीं तो हम ही पर झपटेगी।"

तराई के उस बीहड़ को चीरती, असहाय पशु की वह चीत्कार, फिर एक पल को उन्हें भी दहला गई थी। सुना, सिंहिनी गर्भिणी थी, जानकर साहब को इतना दुख हुआ कि फिर उन्होंने कभी बन्दूक ही हाथ में नहीं ली। शायद उसी सन्तान-संभवा सिंहिनी का श्राप, उन पर भी वज्र बनकर टूटा था।

तीनों पुत्र, यूनिवर्सिटी की पढ़ाई पूरी कर, घर आ गए थे। महत्त्वाकांक्षी रायबहादुर ने अपनी सुनहरी योजना भी बना ली थी। दोनों को आई.सी.एस. की परीक्षा में बिठाएँगे, छोटा ज़रा ज़िद्दी था। वह अपने मन की ही करेगा यह वे जानते थे। उधर उनके दर्शनीय पुत्रों के लिए एक-से-एक संभ्रान्त घरों से रिश्ते भी आने लगे थे। "पहले तीनों अपनी-अपनी हँडिया खदबदाने योग्य तो हो लें। अभी न नौकरी, न चाकरी–हमने तो विवाह की बात ही अभी नहीं सोची।" वे सबको हँस-हँसकर टालते चले जाते। उधर पुत्री सरस्वती सोलह वर्ष की हो चुकी थी, हाई स्कूल में फर्स्ट डिवीज़न भी ले आई थी, देखने में तो भाइयों से बीस से उन्नीस ही थी, पर सौम्य शान्त चेहरे का आकर्षण, देखनेवालों को बरबस बाँध लेता था।

बचपन से ही मिशनरी स्कूल में पढ़ने से, उठने-बैठने में, स्वयं ही एक सुघड़ सलीका आ गया था। रायबहादुर के ही एक सहपाठी श्यामाचरण के इकलौते बेटे से उसका विवाह सम्बन्ध स्थिर हो गया। विवाह में रायबहादुर ने दिल खोलकर खजाना लुटा दिया। उन दिनों पहाड़ के सम्भ्रान्त समृद्ध परिवारों में भी कन्या का विवाह बिना आडम्बर के ही सम्पन्न होता था।

धूल्यर्घ में वर को 101 रुपये, एक शॉल—बहुत हुआ तो एक घड़ी, पर रायबहादुर ने पहाड़ की परम्परा ही पलट दी। महीनों तक पहाड़ में, वह हरम-दरम का विवाह चर्चित रहा, क्या-क्या नहीं दिया था उन्होंने! वर पक्ष को तो उपहारों से लाद ही दिया, बारातियों को भी एक-एक चाँदी के गिलास मिले। बनारस से बाईजी बुलाई गई थीं। इस वर अभ्यास से कुमाऊँ, बहुत पहले ही मुक्त हो चुका था, उस पर बाईजी तो पहले भी वर पक्ष का ही निमन्त्रण पाकर आती थीं। पर भला रायबहादुर से दलीलों में कौन जीत सकता था? "अरे भई देखा, तुम तो जानते हो हमारे यहाँ तो लाट कमिश्नर-सा ही अफसरान पधारेंगे। उनके मनोरंजन का भी तो हमें प्रबन्ध करना था। अब उन्हें भला हमारे शास्त्रोच्चार, गोत्रोच्चार में क्या आनन्द आता?"

खाना ऐसा था कि अतिथियों के जिह्वाग्र में दिनों तक, उस बताशे-सी हलकी खस्ता कचौड़ियों और दुर्लभ मिठाइयों का स्वाद रिसा-बसा रहा।

यह पहाड़ का पारम्परिक विवाह भोज नहीं था कि पानी-सी पतली आलू की रसेदार सब्जी में बीसियों डुबकियाँ लगाओ तब कहीं आलू का एक टुकड़ा हाथ लगे, पके कद्दू का भाँग के बीच डला वही 'गजैक' लसलसी भिंडी की सब्जी और फूहड़ बड़े-बड़े अमचूरी टुकड़ों की सोंठ। यहाँ तो पहली बार व्यंजनावंचिता पहाड़ी जिह्वा, मटर-पनीर का स्वाद ले रही थी और खोये-मखाने की सब्जी और ऐसी मीठी खुरचन कि कोई मधुमेही खा ले तो तत्काल 'कोमा' में चला जाए। उस पर लखनऊ से बुलाए गए चार-चार चौरसिया पानवाले।

"देखा ठुलदा, सरुली के मरभुक्के ससुरालवाले कैसे पान-पर-पान चाबे चले जा रहे हैं, जैसे घास खा रहे हों।" शिवदत्त ने बड़े भाई से कहा तो उसने डपट दिया था—"चुप कर, किसी ने सुन लिया तो अनर्थ हो जाएगा।"

"क्या अनर्थ हो जाएगा, इनके सात पुरखों ने भी शायद ऐसा खाना नहीं खाया होगा—और ड्रेस देखें ज़रा बारातियों की। एकदम शिव के गणोंवाली बारात है—पता नहीं बाबूजी कहाँ से ढूँढ़ लाए?"

"लड़का तो अच्छा है।"

"क्या ख़ाक अच्छा है? एकदम जनाना चेहरा, 18 इंची कमर, कैसे मटक-मटक जनखों-सी चाल चल रहा है। ज़रूर रामलीला में सीता बनता होगा।"

"तू भाग तो रे शिबुआ, जा बाबूजी का हाथ बटा"—बड़े भाई ने उसे जबरन ढकेल दिया था। बड़ी धूम गरज से विवाह सम्पन्न हुआ, पितृगृह की समृद्धि की विभिन्न पोटलियाँ बाँध, सरुली अपनी देहभार से भी भारी कामदार

लहँगा और दोहरे दुपट्टों पर भार सँभालती विदा हुई तो रायबहादुर ने अपनी पत्नी से कहा—"एक-दो दिन में सत्यनारायण की कथा सुन, हम काशी जाकर गंगा और नहा लें, बस! कन्यादान से मुक्त होकर गंगा स्नान तो करना ही पड़ेगा।" उधर परीक्षा-भार से मुक्त उनके तीनों निगरगंड अलमस्त बेटों को, नया शौक चर्राया था—कुश्ती का। रानीखेत से कुश्ती में पारंगत एक उस्ताद को बुलवाकर गंडा बाँधा गया। पहले घंटों तैलमर्दन होता, फिर व्यायाम और फिर चलता कुश्ती पर्व। बारी-बारी से तीनों भाइयों की देह, एक-दूसरे से गुँथी मिट्टी में सन जाती, बगीचे में ही अखाड़ा बनाया गया था। विचित्र हुंकारे और विकट निनाद। कभी-कभी आसपास के लोग भी तीनों भाइयों की कुश्ती देखने जुट जाते। काले-काले लँगोटों से निकली कदली स्तम्भ-सी गौर जंघाएँ, बाँहों में उठती-गिरती मांसपेशियों की मछलियाँ और मुगदर-सी पुष्ट भुजाएँ। कौन कह सकता था कि ये, यत्न से पली, मक्खन, खालिस दूध, दही से सिंची वे ही सुकोमल देहें हैं, जो छूने से भी मैली होती थीं। दो भीषण चट्टानें ही जैसे एक-दूसरे से टकरा उठतीं—लगता किसी प्रागैतिहासिक युग की यवनिका को चीर, मल्लवीर ही धरित्री की छाती को कँपा रहे हैं। कृष्ण बलराम या भीम जरासंध?

एक दिन दोनों बड़े भाई, आक्रमणोधुत खूँखार पहाड़ी भालुओं से ही परस्पर भिड़े धरा पर लोट रहे थे और अपनी मांसपेशियाँ सुहलाता शिवदत्त, अपनी बारी की प्रतीक्षा कर रहा था कि वह अपरिचिता किशोरी, न जाने कहाँ से टपक पड़ी। लम्बतड़ंग दो अर्धनग्न अवधूतों को धरा पर, लोटते-पोटते देख, पहले तो वह सहम गई, फिर 'हूँ' कह बड़े ने मँझले को पटका तो वह हँसने लगी। कैसी मोहक हँसी और हँसी के साथ सुचिक्कन गुलाबी कपोलों पर उभरे गहरे गड्ढे।

"कौन हो तुम, क्या काम है?" शिवदत्त ने उसे आश्चर्य से देखकर पूछा—ज़मीन पर लोट रहे दोनों भाइयों ने उसे अब तक नहीं देखा था। छोटे के प्रश्न से वे चौंके और एक-दूसरे से विलग हो बैठ गए—वह फिर हँसने लगी। शिवदत्त अब भी उन गड्ढों को ही एकदम देख रहा था, कितने गहरे गड्ढे थे जैसे किसी घाव के निशान हों।

"क्या काम है? किससे मिलना है—गूँगी हो क्या?" बड़े भाई ने प्रश्न का चाँटा-सा मारा तो वह डर गई—"अम्मा ने चाची के लिए बगीचे की भिंडी की सब्जी भेजी है—भरी भिंडी की सब्जी है।" फिर उसी त्वरित वेग

से, वह तश्तरी से ढकी कटोरी वहीं रख विलुप्त हो गई। इसी से कहा था ठुलदा, कुश्ती भीतर ही किया करो। उतना बड़ा आँगन तो है—छोटे ने कहा, उस सुन्दरी किशोरी के सम्मुख, अपनी अर्द्धनग्न देह का अवांछित प्रदर्शन, उसे रह-रहकर अपदस्थ कर रहा था। "तो क्या हो गया, बित्ते भर की छोकरी ने हमें अध-नंगा देख भी लिया तो कौन-सा आसमान टूट पड़ा। और फिर हम क्या एकदम नंगे थे?" बड़े ने कहा, फिर उठकर तश्तरी से ढकी कटोरी सूँघकर, आँखें बन्द कर लीं—"अरे वाह, खुशबू तो ग़जब की आ रही है, बहुत दिनों से भरी भिंडी खाई भी नहीं—भिंडी तो आला लाई, पर कुश्ती का मज़ा बिगाड़ गई साली—क्या बढ़िया धोबी पाट दे रहा था मँझले को!" बेटों ने माँ को कटोरी थमाई, तो वह बिना कुछ पूछे ही समझ गई—"अरे पीताम्बर स्टेशन मास्टर की बेटी लच्छी होगी। कल उसकी माँ मन्दिर में मिली थी, कह रही थी बाग से ताजी भिंडी उतार मसालेदार सब्जी भेजेगी।"

"यह पट्ठा स्टेशन-मास्टर किस स्टेशन से चला आया। अम्मा, पहले तो कभी नाम भी नहीं सुना था।" बड़े ने पूछा तो अम्मा हँसने लगी—"अरे अभी तो आए हैं उन्नाव से रिटायर होकर।"

शिवदत्त, उस रात को बड़ी देर तक नहीं सो पाया। बार-बार वही मासूम चेहरा, आँखों में तैरने लगा। आज तक किसी विकार ने, उसके ब्रह्मचारी हृदय को ऐसे मथित नहीं किया था। कैसी अद्भुत हँसी थी और कैसा मासूम चेहरा। अचानक बाईस वर्ष का पिपासित यौवन सहसा वन्या के वेग से प्लावित हो उठा। कौन थे यह पीताम्बर स्टेशन मास्टर? पर धीरे-धीरे उसने पता लगा ही लिया। वर्षों से प्रवासी यह परिवार अवकाश-प्राप्ति के पश्चात अपने पुश्तैनी मकान में रहने पहाड़ चले आए थे, जाखनदेवी के मन्दिर के सामने, ऊँची पहाड़ी पर स्थित, लाल छतवाले मकान में रहते हैं, एक ही पुत्री है, उसी के लिए सुपात्र ढूँढ़ने यहाँ चले आए हैं। अम्मा ने ही फिर तीनों बेटों को बतलाया—"असल में भिंडी-विंडी का तो बहाना रहा होगा, स्टेशन मास्टर ने तुम तीनों को कहीं देख लिया था, तब से लार टपक रही है बामण की। तुम्हारे बाबूजी के पीछे हाथ धोकर पड़े हैं। सबको पता है कि तुम तीनों रोज़ पाँच बजे अखाड़े में उतरते हो। सोचा होगा क्यों बीच में, बिचौलिये को रखा जाए? सीधे ग्राहक को ही क्यों न माल दिखा दें।"

"ठीक है अम्मा, कुछ दिन और भिंडी खा लें फिर साफ-साफ कह देना। मेरे दो बेटे तो शादी करेंगे नहीं। उन्होंने ब्रह्मचर्य का व्रत लिया है। तुम्हारे

इस शिबुए की गाड़ी भले ही स्टेशन मास्टर झंडी दिखाकर रोक लें। कैसे घूर रहा था उसे।" मँझले ने कहा तो छोटे ने आव देखा न ताव, फट से पिंलगट-सा फटक, मँझले से भिड़ गया।

"अरे करते क्या हो?" हाथ-पैर तोड़ना है क्या? भाड़ में जाए तुम्हारी ये कुश्ती।" अम्मा ने लपककर दोनों को विलग किया और कहने लगीं, "कैसी शादी और कैसा ब्याह! दो-दो बड़े भाइयों के कुँआरे रहने पर छोटे की शादी कैसे हो सकती है, उस पर क्या खाकर रायबहादुर का समधी बनेगा, मुआ स्टेशन मास्टर?"

शिवदत्त माँ की बात सुनकर मन-ही-मन खिन्न हो उठा। यदि कभी यह सुखद सम्भावना घटी तो क्या अम्मा अपनी सहमति नहीं देगी? वह नित्य ही बड़ी आशा से सड़क के मोड़ की ओर निहारता, शायद भरी भिंडी लेकर फिर आ जाए। अखाड़ा इधर बन्द था, दोनों भाई अपनी महत्त्वपूर्ण परीक्षा की तैयारी में जुटे थे, उसे तो तैयारी करनी नहीं होगी। वह जानता था कि पुलिस की परीक्षा में बैठते ही वह किला फ़तेह कर लेगा, ख़ाकी वर्दी की पूरी नाप पहले ही लेकर तो विधाता ने, उसकी सुगठित देह को गढ़ा था। फिर उस परीक्षा में अभी चार माह बाक़ी थे।

अब तक तीनों भाई उठते-बैठते, घूमते एक साथ थे पर इधर दोनों की पढ़ाई ने उन्हें विलग कर दिया। यह भी शिबुआ के लिए एक सुखद संयोग ही रहा। लुक-छिपकर वह जाखनदेवी के तीन-चार चक्कर लगा आया, पर वह नहीं दिखी। पाँचवीं बार वह तड़के ही उठकर उसी दिशा में चल दिया। अपनी पथरीली छत पर, वह अपने भीगे बाल सुखाती, आलूबुखारा चाट रही थी—बार-बार कच्चे आलूबुखारे में दाँत मारती नन्हीं रक्तिम जिह्वा को 'टक-टक' टकटकाती खट्टेपन की व्याख्या करती चटखारे ले रही थी। आलूबुखारा चाटती स्टेशन मास्टर दुहिता, उसे भिंडीवाहिका से भी सुन्दर लगी। फिर एक दिन अचानक उससे बाज़ार में टकरा गया। वह लोहे के शेर के पास की सीढ़ियाँ उतरती दिखी तो वह चट से उसके पीछे हो लिया। काली शलवार से निकली उसकी बताशे-सी सफेद पिंडलियाँ हर उतार के साथ कपोत-सी फड़क रही थीं, उसके हाथ में एक काग़ज का ठोंगा था।

"आज भी भिंडी ले जा रही हो क्या?" उसने पूछा तो वह चौंककर मुड़ी।

"नहीं, जलेबी हैं," उसने बड़े भोलेपन से कहा।

"जलेबी? इतनी सुबह?"

"हाँ, बाबूजी रोज़ दूध-जलेबी का ही नाश्ता करते हैं।"

वह उसे आश्चर्य से सिर से पैर तक देख रही थी।

"ऐसे क्या देख रही हो?"

"आप कपड़े भी पहनते हैं?" उसके भोलेपन से वह मुग्ध हो गया।

"क्यों? तुमने क्या सोचा, मैं दिन-रात वैसे ही घूमता हूँ? उस दिन तो हम कुश्ती कर रहे थे।" वह फिर हँसकर सिर झुकाए सीढ़ियाँ उतरने लगी।

"सुनो, सारी जलेबी, अपने बाबूजी को ही खिलाओगी? हमें नहीं दोगी?"

इस बार एकसाथ दो सीढ़ियाँ लाँघ, वह उसके पास पहुँच गया।

"खाइए," उसने ठोंगा खोलकर, उसके सामने रख दिया।

एक जलेबी उठा उसने मुँह में धरी, फिर उसी का अर्धांश विस्मय से खुल गए लाल पवाल से अधरों के बीच ठूँस उसने धीरे से कहा, "मेरा जूठा खा लिया है आज, इसका अर्थ समझती हो ना?" और फिर बिना दाएँ-बाएँ देखे, वह सात दिन का अनाड़ी प्रणयी सिर पर पैर धरकर ऐसे भागा, ऐसे भागा जैसे किसी का गला घोंट, कोई अनाड़ी हत्यारा भाग रहा हो।

इधर पढ़ाई से ऊबे भाइयों ने फिर अखाड़ा चालू कर दिया था, पर शिवदत्त को इधर कुश्ती से भी अरुचि हो गई थी। दो दिनों से वह बराबर भाइयों से पराजित हो रहा था, जब कि इससे पूर्व, उसकी उलटी देह को चित करने में दोनों भाई, पसीना-पसीना हो जाते थे। वह तीसरी बार हारा तो बड़े भाई ने कहा, "क्यों रे शिबुआ, क्या हो गया है तुझे? दम ही नहीं रहा क्या? इन तीन दिनों में, हमें एक बार भी नहीं पटक पाया!"

"अरे, क्या पटकेगा यह!" मँझले ने तुरुप लगाई, "इसे तो भिंडीवाली ने पटक दिया है—क्यों रे शिबू, है ना?"

शिवदत्त भुनभुनाता तीर-सा निकल गया। रात को, दोनों भाइयों ने उसे मनाने की चेष्टा की—"देख शिबू, आज जो भी तेरे मन में है, उगल दे बेटा, तुझे वह लड़की बहुत पसन्द आ गई है ना? तू 'हाँ' भर कर दे, हम बाबूजी, अम्मा से तेरी पैरवी करेंगे—पुलिस की परीक्षा में तो तू आ ही जाएगा—रही हमारी शादी की बात, तुझे पता है, हम तो शादी करेंगे नहीं—हमने उस्ताद को वचन दिया है। तू संकोच में रहा तो लड़की हाथ से निकल जाएगी—कोई और तिड़ी कर ले जाएगा उसे—समझा?"

तीनों भाई, भाई कम थे अन्तरंग मित्र अधिक। बड़ी रात की कोंचाकोंची

के बाद, छोटे ने अपनी दुर्बलता स्वीकार कर ली।

पिता-पुत्रों के बीच कभी कोई दुराव-छिपाव या संकोच की दीवार नहीं रही, इसी से पिता को मनाने में उन्हें विशेष प्रयत्न नहीं करना पड़ा। तब पहाड़ में सगाई नहीं होती थी। केवल वाक्य-दान ही होता था और एक बार, यदि कुमाऊँ के ब्राह्मण ने कन्या पक्ष को वाक्य-दान दे दिया तो कन्या में चाहे लाख दोष हों—लूली, लँगड़ी, कानी, भेंगी वाक्दत्ता को भी आज्ञाकारी पुत्र को स्वीकार करना ही पड़ता था। स्टेशन मास्टर को तो जैसे हाथ बढ़ाते ही स्वर्ग मिल गया था। अपने विचित्र पुश्तैनी घर में उन्होंने एक दिन तीनों भाइयों को चाय पर भी आमन्त्रित कर दिया। छोटे से शहर की कर्मकांडी बिरादरी की भृकुटियाँ कपाल पर चढ़ गईं। "छि-छि, ऐसा कभी सुना है किसी ने? विवाह के पहले ही वर, ससुराल पहुँच गया। एक तो दो-दो कुँवारे बड़े भाइयों के रहते छोटे का विवाह, उस पर ऐसी बेशर्मी। कभी कुछ ऊँच-नीच हो गया तो सिर पटककर रोयेगा स्टेशन मास्टर!"

पर ऊँच-नीच होता कैसे? वहाँ तो कन्या को मालगाड़ी के किसी डिब्बे में बन्द कर आया था शायद स्टेशन मास्टर। खटका भी होता तो तीन भाइयों की आँखें एकसाथ द्वार की ओर उठतीं और उतनी ही बार अपनी विराट काया से द्वार अवरुद्ध करती, स्टेशनमास्टरनी ही अपने गजदन्त निपोरती खड़ी दिखती।

ऐसी कदर्प कुत्सित जननी ने, ऐसी सुरसुन्दरी को जन्म कैसे दिया होगा? यही सोचते फिर तीनों भाई सिर झुकाए नाना व्यंजनों को उदरस्थ करने में जुट जाते।

"यह सब मेरी लल्ली ने बनाया है" स्टेशनमास्टरनी हँस-हँसकर कहने लगीं तो मुँहफट मँझले ने कहा—"अच्छा, हमने तो समझा चिरंजी के होटलवाले आलू गुटके हैं। ऐसे तो वही बनाता है।"

स्टेशनमास्टरनी का चेहरा फक हो गया। तब ही किसी अदृश्य कोने से, यत्न से रोकी जा रही हँसी का स्वर आया। किसी कोने में छिपी भिंडीवाली ही शायद माँ की चोरी पकड़े जाने की अपदस्थता का आनन्द ले रही थी। गृहस्वामिनी की ही भाँति, गृहसज्जा भी अटपटी थी। लगता था, अवकाशप्राप्ति पूर्व स्टेशन-मास्टर ने, भारतीय रेल संपत्ति का अर्धांश बटोर, अपने पुश्तैनी गृह की सज्जा के लिए संचित कर लिया था। रेल की पटरियों से बनी छत की बल्लियाँ, पटरियों का ही बाड़ा, उन्हीं से घिरा पूजागृह जैसे किसी

चिड़ियाघर में बना शेर का पिंजरा हो। वातानुकूलित रेल के डिब्बे से उखाड़े गए पंखे, वाशबेसिन—यहाँ तक कि पर्दे भी शायद किसी राजे-रजवाड़े की स्पेशल ट्रेन से तिड़ी कर लाए थे।

"ही-ही-ही, कैसा लगा आपको मेरा गरीबखाना?" उन्होंने अपने सुदर्शन अतिथियों से पूछा। "बहुत अच्छा।" बड़े ने चटपट उत्तर दिया, कहीं मँझला, फिर कुछ बेअदबी न कर बैठे।

"आइए, अब आपको अपना बेडरूम दिखाऊँ।" छोटा परम उत्साह से उनके पीछे-पीछे चलने लगा, दोनों भाई उसके पीछे। क्या पता, बेडरूम के किसी बर्थ पर आराम फरमाती भिंडीवाली ही दिख जाए।

बेडरूम में पहुँचते ही तीनों को लगा, रेलगाड़ी के किसी आरक्षित फर्स्ट-क्लास के डिब्बे में खड़े हैं। एक के ऊपर एक तीन बर्थ, उन पर लगी वैसी ही गद्दीदार गद्दियाँ, जैसी रेलगाड़ी में होती हैं। शायद थ्री टियर की पहली योजना उसी स्टेशन मास्टर के मस्तिष्क में कौंधी होगी!

"यह ऊपर की बर्थ मेरी है, बीच की हमारी लच्छी की और सबसे नीचे की उसकी अम्मा की, ज़रा भारी शरीर है ना—" खिसियाकर उन्होंने कैफ़ियत दी थी—"ज़रा भारी?" मँझले ने बड़े भाई के कान में फुसफुसाकर कहा—"बीच में गैंडी सोती तो सुबह होते-न-होते, बेटी का पत्ता साफ हो गया होता!"

"और ये देखो बेटा, आर्मीवाले रिटैरी के बाद अपनी दो बन्दूकें या खुकरियाँ दीवार पर टाँगते हैं, हमने भी अपनी नौकरी की यादगार, दीवार पर लटका दी है।" एक-दूसरे पर स्थित कैंची से बनी लाल और हरी झंडी।

"वाह-वाह," अभागा मँझला भला चूक सकता था—"कहीं सिगनल नहीं दिख रहा है चाचाजी।"

"हा-हा-हा, बड़े मज़ाकिया हो बेटा। सरकारी चीज़ क्या उखाड़कर ला सकते हैं?"

"वैसे इंजन छोड़कर सब ही तो ले आए हैं चाचाजी, है ना रे शिबू?" शिवदत्त का चेहरा भाई की अशिष्टता से तमतमा उठा, पर स्टेशनमास्टर के तले लगे निर्लज्ज चित्र से, पानी की वह बूँद भी फिसल गई। फिर उसी हँसी की खुक-खुक—क्या किसी चिमनी में छिपकर हँस रही थी छोकरी!

चलने का समय हुआ तो मुँह का स्वाद ख़राब करने, चटक फूलदार लाल साड़ी में लिपटी, स्टेशनमास्टर की वही मर्सिडीज ट्रक, फिर हाथ जोड़,

खीसें निपोरती खड़ी हो गई। बेटी का कहीं अता-पता नहीं था।

तीनों भाइयों को मोड़ तक विदा कर, स्टेशनमास्टर लौट गए तो मँझले ने कहा—"देख रे शिबुआ, लड़की तुझे कितनी ही पसन्द क्यों न हो, हम इस रेलगोदाम में बारात लेकर नहीं आएँगे, ज़रा सोच तो सही, मार्टिन साहब, डेनियल साहब, सब बाबूजी के दोस्त हैं, आएँगे ज़रूर—अब तू ही बता, उन्हें वहाँ ला सकते हैं हम?"

पर प्रेमोन्मत्त, चक्षुहीन प्रणयी को तो न स्टेशनमास्टर की लाल-हरी झंडियाँ दिख रही थीं, न रेल के डिब्बे, न भावी सास के गजदन्त। उसे तो बार-बार मोहक हँसी के साथ-साथ, आड़ू से गुलाबी सुचिक्कन कपोलों पर गहरे दो गड्ढे ही दिख रहे थे।

चलते-चलते स्टेशनमास्टर रोली का लम्बा तिलक लगा, शिबू को अँगूठी पहनाने लगे तो दोनों बड़े भाइयों ने आपत्ति भी की थी।

"देखिए, यह सब तो आप बाबूजी से पूछकर ही कीजिएगा, हमें तो आपने केवल चाय पीने बुलाया था।"

"कैसी बात करते हो बेटा, यह तो छोटा-सा शगुन मात्र है, आज अच्छा दिन है, पुष्य नक्षत्र है, शुभकार्य निर्विघ्न सम्पन्न होगा।"

निश्चय ही पत्रा रखने में कमजोर रहे होंगे स्टेशनमास्टर!

शिवदत्त, अन्धविश्वासी नहीं था किन्तु, अँगूठी पहनते ही, जो धारावाहिक दुर्घटनाएँ घटती चली गईं, उनसे वह भी विचलित हो उठा। घर पहुँचते ही देहरी में ऐसी ठोकर खाई कि पूरा नाखून निकल गया। किसी कृतज्ञ आसामी ने रायबहादुर को हिसार की भैंस लाकर दी थी, एक बार में पूरा दस सेर दूध देती थी, सहसा मुँह से फेन निकालती वह धरा में लोटने लगी और देखते-ही-देखते उसकी देह ठंडी पड़ गई।

दूसरे दिन, दोनों बड़े बेटों को परीक्षा देने जाना था, वह वही परीक्षा थी जिसके स्वप्न रायबहादुर, उनके जनमते ही देखने लगे थे, पर वहाँ तो विधाता, दूसरी ही परीक्षा योजना बना चुका था। अपने परम मित्र मिस्टर मार्टिन से वे बात कर चुके थे, वे ही सुबह उन्हें अपनी कार में लेने आ गए, अम्मा ने दही-बताशा खिला विदा किया तो कहने लगीं—"बेटा, जाते ही तार कर देना, कल से मेरी दाहिनी आँख निगोड़ी फड़के जा रही है, रुकने का नाम ही नहीं लेती।"

"चलते-चलते कैसी मूर्ख बातें कर रही हो जी।" रायबहादुर ने सरला

पत्नी को डपट दिया, किन्तु आँख ने ठीक ही चेतावनी दी थी। कौन जानता था कि रायबहादुर के रौद्रोज्ज्वल जीवनाकाश का सूर्य, अचानक असमय ही ऐसे अस्त हो जाएगा।

उस दिन वर्षा का वेग ऐसा तीव्र हो उठा था कि झड़ी रुकने का नाम ही नहीं ले रही थी। कड़-कड़ कर बिजली, गरजते बादल और घटाघोप अन्धकार! अम्मा ने रस्सी के टुकड़े में, शहर के सात कानों के नाम की गाँठ बाँध, पटापट जूतों के सात प्रहार कर पहाड़ी टोटका भी आजमा लिया था, पर वर्षा नहीं रुकी। ऐसी ही वर्षा में कभी गाड़ियाँ भी चकनाचूर हो जातीं। उन्हें गये दो घंटे भी नहीं बीते थे कि रायबहादुर पर वह वज्रपात हुआ था। वर्षा के वेग से एक भारी चट्टान गिरी और मार्टिन साहब की कार, गहरी घाटी में गिर, जल भस्मीभूत हो गई। रायबहादुर, अपने कामदेव से बेटों की अस्थियाँ भी नहीं चुन पाए।

पहाड़ में एक कहावत है कि पहाड़ के वैभव को बड़ी जल्दी बुरी नज़र लगती है। वही हुआ। इधर दो-दो पुत्रों का पुत्र-शोक, उधर जिस सोनचिरैया-सी पुत्री को उन्होंने तीन महीने पहले विदा किया था, वह एक दिन सहसा सद्यःवैधव्यदग्धा बन उनके द्वार पर खड़ी हो गई। बड़ा धोखा हुआ था उनके साथ। सुना क्षयरोगी पुत्र के दोनों फेफड़े विवाह से पूर्व ही क्षयरोग ने छलनी कर दिए थे। उन्हें ज़रा भी पता होता तो क्या भोली मासूम बेटी के साथ यह खिलवाड़ होने देते? तब तो क्षयरोग आज के कैंसर की ही भाँति मृत्युदूत बनकर ही आता था। तब न ऐसी मृत्युंजयी औषधियाँ थीं, न ऐसे चिकित्सक। सारा शहर, मातमपुर्सी के लिए उमड़ पड़ा था। पर रायबहादुर ने पुत्र, पुत्री, पत्नी सहित—अपने अभेद्य दुर्ग में कड़ी किलाबन्दी कर दी थी। द्वार पर बड़ा-सा ताला लटका, नौकरों से कह दिया था—कोई भी आए, चाहे स्वयं लाट साहब ही क्यों न हों, कह देना, साहब कहीं चले गए हैं। स्टेशन मास्टर भी, कई बार व्यर्थ परिक्रमा कर, अन्धकार में डूबी हवेली देख लौट आए। तीन ही दिन में वह स्वेच्छा से ग्रहण किया गया बन्दी जीवन, उनके लिए दुर्वह हो उठा। हर दीवार में, हरिद्वार में तो उनकी स्मृतियाँ रिसी-बसी थीं—न जाने कितनी बार, उनकी दीर्घ देहें इन सँकरे दरवाज़ों से गुज़रीं और न जाने कितनी बार वे लच्छेदार काले बालोंवाले सिर, उन द्वार से टकराये थे। कैसे-कैसे अरमान थे रायबहादुर के! जैसे छोटे ने अपने मन की लड़की ढूँढ़ ली, वे भी एक-न-एक दिन शादी को राजी हो जाएँगे—सेहरा बाँधकर, कितने सुन्दर

दिखेंगे उनके दर्शनीय बेटे, पीछे-पीछे कन्धे पर शॉल डाले, गर्वोन्नत मस्तक लिए झूमते चल रहे स्वयं रायबहादुर—एक पल में उनके बालू का महल ढह गया। स्मृतियाँ उन्हें पागल बना उठीं और वे पहले परिवार सहित गए गया, फिर न जाने कितने तीर्थों की परिक्रमा कर पूरे तीन महीने बाद लौटे, तो चेहरा ही बदल गया था। सदा सतर रहनेवाली देह झुक गई थी, आँखों के नीचे गहरी कालिमा और चेहरे पर फुँकी स्याही। अपने सारे मुकद्दमे, अपने अधीनस्थ मित्र बद्रीदत्त को थमाकर उन्होंने कहा, "बद्री, अब मैं इस जीवन में कोई भी मुकदमा नहीं लड़ूँगा, अपना सबसे बड़ा मुकदमा हार चुका हूँ, अब क्या मुँह लेकर अदालत में खड़ा हो सकता हूँ।"

न कहीं आते न जाते। धीरे-धीरे लोगों ने भी आना कम कर दिया। शिवदत्त लाख समझाने पर भी पुलिस की परीक्षा में बैठने को राजी नहीं हुआ। जो दिन में तीन-तीन बार कपड़े बदलता था, वह अब दिनों तक, एक ही जोड़ी कपड़े पहने कमरे में बन्द मोटी-मोटी पुस्तकें पढ़ता रहता। एक दिन वह कमरे में नहीं था, शायद नहा रहा था। गुसलख़ाने के बन्द दरवाजों को देख, रायबहादुर डरते-डरते, पहली बार उसके कमरे में गए, देखें तो सही क्या पढ़ता रहता है दिन-रात! पुस्तक देखीं तो कलेजा बैठ गया—'गरुण पुराण'—बाईस वर्ष की उम्र में यह कैसा वैराग्य—दूसरी अधखुली पुस्तक उठाई तो 'वैराग्य-शतक'।

दो-दो दुश्मन तो चले ही गए थे, यह भी हाथ से निकल गया, तो वे कहाँ जाएँगे? इस भरी जवानी में ऐसे कमरे में दिन-रात बन्दी बन ऐसी गरिष्ठ पुस्तकों का पठन क्या उसे असमय ही वैरागी बना रहा था?

उधर, निराभरणा पुत्री को देखते ही कलेजा मुँह को आ जाता। एक पत्नी ही, अडिग चट्टान-सी, उन्हें सहारा दे रही थी—न कभी पति के सामने रोती, न पुत्रों की अकाल मृत्यु के लिए विधाता को कोसती। कभी कहीं भागवत सुनने चली जाती, कभी पाताल देवी के दर्शन को। पर वे समझ गए थे कि उसकी मन-ही-मन घोटी जा रही वेदना, तिल-तिल कर उसे घुला रही है। उन्होंने दृढ़ संकल्प कर लिया था कि शिवदत्त की नौकरी लगे, न लगे, बेटों की बरसी होते ही, वे उसका पैर उलझा देंगे। सगाई तो हो ही चुकी थी। पुत्री के भविष्य की योजना भी उन्होंने बना ली थी। उसकी ससुरालवालों की घोर आपत्ति के बावजूद, उन्होंने उसे पढ़ने बनारस बोर्डिंग में डाल दिया था। उसे लिवाने दो बार उसके ससुर आ चुके थे, किन्तु बड़ी

रुखाई से ही उन्हें रायबहादुर ने लौटा दिया था। जिस दग़ाबाज मित्र ने समधी बनते ही उनकी पुत्री का सबकुछ छीन, गहने, कपड़े दबा उसे अकेली नंगी-बुच्ची मायके भेज दिया था, उसके गृह में अब उनकी पुत्री, कभी कदम नहीं रखेगी। स्वयं अपने पैरों पर खड़ी होने की सामर्थ्य उसमें है, यह दिखा देंगे उस प्रवंचक को! इसी बीच, सदा मन की व्यथा मन ही में घोटनेवाली उनकी सहिष्णु सहचरी ने भी, उन्हें अचानक धोखा दे दिया। सुबह बड़ी देर तक नहीं उठी तो सोचा कल पातालदेवी के दर्शन कर, बड़ी देर से लौटी थी, थक गई होगी। पर वह विश्राम, चिरविश्राम था। यह बड़ी देर से समझ पाए।

उसी दिन रात को सद्यःमुंडा सिर लेकर शिवदत्त उनके सिरहाने खड़ा हुआ तो वह हड़बड़ाकर उठ बैठे। ऐसा लगा जैसे बड़ा बेटा हरदत्त ही सिरहाने खड़ा है, कैसा साम्य था तीनों भाइयों के चेहरे में! ''क्या बात है बेटा?''

''बाबूजी, यह अँगूठी, आप कल ही इसे उन्हें लौटा आइए, मैं वहाँ शादी नहीं करूँगा।''

रायबहादुर ने सोचा, जननी के आकस्मिक वियोग ने ही उसे, आधी रात को विचलित कर दिया है।

''ऐसा नहीं कहते बेटा, मैं तो वाक्य-दान दे चुका हूँ।''

''नहीं–देख नहीं रहे हैं आप? जब से यह मनहूस अँगूठी पहनी है, क्या कुछ नहीं हुआ! ठुलदा गया, गाज़िल दा गया और आज अम्मा चली गईं। सरुली का वैधव्य भी इसी अँगूठी की देन है।''

एक क्षण को, कुश की शैया के पास जल रहा पाथेय का निष्कंप प्रदीप, पत्तल से ढँका होने पर भी काँपने लगा–कमरे में म्लान अन्धकार में पिता-पुत्र एक पल को एक-दूसरे का चेहरा नहीं देख पाये।

रायबहादुर ने ही, फिर बड़े संयत गम्भीर स्वर में कहा–''जा बेटा, तेरा जी ठीक नहीं है, अभी श्मशान से लौटा है, सो जा, कल बात करेंगे।''

''नहीं, ये रही अँगूठी, जब तक आप इसे लौटायेंगे नहीं, मैं पानी भी नहीं पियूँगा।'' और वह धड़धड़ाता अपने कमरे में चला गया। इस हठी बेटे की ज़िद को वे खूब जानते थे। यही हुआ, एक पत्र के साथ अँगूठी वापस भेज दी गई।

उसी क्षण, स्टेशनमास्टर भागते-भागते आ गए।

''यह क्या कर दिया आपने? घोर सूतक में आज, अमावस के दिन,

शगुन लौटा दिया—आपने तो इस गरीब ब्राह्मण को वाक्य-दान दिया था पंराज्यू..."

"मैं क्या करूँ पीताम्बर, तुम क्या सोचते हो, मुझे दुख नहीं हुआ? ईश्वर ने मुझे भी एक अभागिनी बेटी का बाप बनाकर इस पृथ्वी पर भेजा है। मैं क्या दूसरे की बेटी का दुख नहीं समझता? पर क्या करूँ। अब एक ही बेटा है मेरा, वह जो अन्नजल त्यागकर बैठा है—अब तुम ही बताओ, मैं क्या करता?"

उनका स्वर, गहन नैराश्य में डूब गया। "मैं उससे मिलूँगा, कहाँ है वह?"

"नहीं, मैं तुमसे हाथ जोड़कर विनती करता हूँ पीताम्बर, मेरे बेटे को तुम नहीं जानते—माँ की मौत से, उसका सिर फिर गया है। शान्त होने दो, फिर मिलना, वह क्या कहीं भागा जा रहा है?"

पर पिता के आश्वासन को व्यर्थ कर, वह माँ की तेरहवीं की रात को ही सचमुच भाग गया। कहाँ-कहाँ नहीं ढूँढ़ा रायबहादुर ने, कौन-कौन से अनुष्ठान तन्त्र-मन्त्र नहीं किये, कितने तान्त्रिकों के चरण गहे, असंख्य गणकों से प्रश्न कुंडलियाँ बनवाईं—सबने एक उत्तर की कटार, उनकी क्षत-विक्षत छाती में भौंकी—"उत्तर दिशा में जाकर किसी अरण्य की गुहा कन्दरा में खो गया है, अब कभी नहीं लौटेगा—जीवित है, रहेगा, पर तुम अब उसे कभी नहीं देख पाओगे।"

उस विराट् हवेली में, पूरे चार वर्ष रायबहादुर अपने एकान्त से समझौता करते रहे, छुट्टियों में पुत्री आती तो बार-बार पिता की क्षीणतर होती देह देख कहती—"बाबूजी, अब मैं आपको छोड़ नहीं जाऊँगी।"

"नहीं, तुझे अपनी पढ़ाई पूरी करनी ही होगी, चिन्ता मत कर, तेरे कायर छोटे भाई की तरह तुझे मैं तब तक छोड़कर नहीं जाऊँगा, तब तक तुझे अपने पैरों पर खड़ी न देख लूँ।"

अपना वचन, उन्होंने पूरा ही किया था। अपने विदेशी मित्रों की कृपा से, उन्होंने पुत्री के लिए, उसी मिशनरी स्कूल में नौकरी जुटा ली, जहाँ कि कभी वह छात्रा रही थी।

शिवदत्त को देखने की उन्हें अब आशा नहीं थी। शरीर पहले ही सूख चुका था, दोनों आँखों में मोतिया उतर आया था, श्रवण-शक्ति धीरे-धीरे कम होती जा रही थी। अचानक, सन्निपात ने उन्हें शैयाशायी बना दिया। सरुली की दिन-रात की सेवा, पुराने वैद्य की औषधियाँ भी उन्हें नहीं बचा पाईं।

पन्द्रहवें दिन आँय-बाँय बकते शरीर के कपड़े नोचकर फेंकने लगे। "ऐसा क्यों कर रहे हो बाबूजी?" सरस्वती उन्हें बार-बार बाँहों में जकड़, रोकने की व्यर्थ चेष्टा कर रही थी।

"वह आ रही है देख, देख..."

"कौन?"

"वह शेरनी देख, खींच रही है मुझे—अरे मत मारो साहब—मत मारो उसे, गाभिन है—पाप लगेगा—घोर पाप।"

और फिर वे निश्चेष्ट होकर पुत्री की ही गोद में लुढ़क गए थे।

पिता की विरासत रूप में, सरुली को मिला था केवल जानलेवा एकान्त और मृत्युहीन विराट् अट्टालिका, सब पुराने नौकर, पहले ही एक-एक कर जा चुके थे—ठीक भी तो था, पर्णहीन वृक्ष को छोड़, पक्षी भी क्या उड़ नहीं जाते? फिर वे तो मनुष्य थे। भाईदूज के दिन, वह भूखी, प्यासी कमरा बन्द किये चुपचाप रोती रहती।

कहाँ गए वे दिन? जब तीनों कार्तिकेय से ऊँचे अगले भाइयों को एक पंक्ति में बिठा, वह उन गौर ललाटों पर रोली का दीर्घ तिलक खींच, रूई के फायों से इत्र लगाती, फिर चिवड़े के रूई से फुनगे उनके सिर पर रखती और फिर अम्मा के सुदक्ष हाथों से बने कुरकुरे सिंगल, आलू के गुटकों का गस्सा अपने हाथ से तीनों के मुँह में पूरती। दिन-भर कभी रोती, कभी उनके कपड़ों को सूँघती वह कमरे से बाहर नहीं निकलती, रात को द्वार खोलकर देखती, घोर अन्धकार में द्रोणगिरि से लेकर स्याही देवी, त्रिशूल नंदा देवी की चोटियाँ तक पूरी-की-पूरी डूब गई हैं। किसी अदृश्य कोने से उतर, किसी अतिकाय दानव ने जैसे पूरे अल्मोड़ा शहर को अपनी विराट् बाहुओं में समेट लिया है। समग्र संसार की निर्जन निःस्तब्धता, पत्थर से पटे उसके पट्टांगण में उतर आई है—वही आँगन जहाँ कभी चारों भाई-बहन, चार कोनों में खड़े होकर खेलते थे, कभी 'डुनखुट्टी' और कभी 'किरकैंची'। 'वे दो तो अपनी इच्छा से नहीं गए, पर नानदा, तू मुझे मँझधार में क्यों छोड़ गया रे?' वह स्वगत भाषण में बड़बड़ाती, सहसा स्वयं ही सहमकर, चटपट द्वार बन्द कर लेती। कोई सुनेगा तो कहेगा पागल हो गई है लड़की!

और फिर वर्ष बीतते चले गए, उन तीस वर्षों में, पृथ्वी ने न जाने कितनी करवटें बदलीं, न जाने कितने मरे, कितनों ने जन्म लिया, नदियों ने अपनी धाराएँ बदलीं—न जाने कितने नए पहाड़ी झरने फूटे, कितने पुराने

झरनों ने, सूखकर अपना क्षीण-स्मृति चिह्न, विशाल पर्व वृक्षों पर साँप की केंचुली-सा छोड़ दिया। किन्तु लाख भौगोलिक परिवर्तन हुए हों, उदार आकाश के नीचे रायबहादुर की खँडहर हवेली, अब भी अपना गर्वोन्नत मस्तक लिए खड़ी थी, अब भी सरुली पलातक भाई की प्रतीक्षा में आधी रात को द्वार खोलकर देखती रहती—कहीं नानदा आ तो नहीं गया?

स्टेशनमास्टर की पुत्री का विवाह, फिर कहीं नहीं हो पाया। जहाँ कुंडली जाती वहीं से, बिना देखे ही खोटे सिक्के-सी लौटा दी जाती। कौन करेगा उस अपशकुनियाँ छोकरी से विवाह, निश्चय ही भौमदोष रहा होगा, नहीं तो क्या रायबहादुर के भरे-पूरे परिवार को ऐसे चाट जाती? उसी दुख में घुलते माता-पिता को भी लच्छी खो बैठी, तो उसने शहर ही छोड़ दिया। वह कलकत्ता के गर्ल्स कॉलेज की प्रिंसिपल थी। रहने को छोटा-सा बँगला था, पुरानी नौकरानी चारुबाला, दिन-रात उसके पीछे छाया-सी घूमती रहती—अपने उस छोटे-से गृह में, लच्छी अपने अतीत को लगभग भूल चुकी थी। किन्तु कभी-कभी उस गूढ़ एकान्त में भी एक प्रकार की विचित्र हूक उसके मन में उठती। एक-एक कर उसके उभरते यौवन की वे मधुर स्मृतियाँ उसे पागल बना देतीं—पिता से उसके भावी सहचर की चुहल, अपनी जूठी जलेबी उसके मुँह में ठूँस उसका वह मधुर संकेत भरा प्रश्न—कुछ भी तो नहीं भूली थी वह, लगता था स्वर्ग के उच्चतम सोपान से, उसे किसी ने हृदयहीन धक्का देकर नीचे गिरा दिया था। उस एकान्त में भी वे स्मृतियाँ, उसके कपोल आरक्त कर उठतीं। उस दिन रविवार था, सिर धोकर बाल सुखाने वह बरामदे में बैठने जा ही रही थी कि भागती-भागती चारु आ गई।

"ओ दीदी, एक महात्मा ऐशछेन, खेते चाइछेन (दीदी एक महात्मा आए हैं, खाना माँग रहे हैं) बीस वर्ष पूर्व, चारु का सात वर्ष का बेटा केंदुली का मेला देखने गया था और आज तक नहीं लौटा—विधवा माँ का वही एकमात्र सहारा था। तब से बेचारी जहाँ किसी साधु फ़कीर को देखती, बौराकर पूछती—आमार खोकन फिरबे बाबा? (मेरा खोकन क्या कभी नहीं लौटेगा बाबा?)

"तो दे देना, खाना तो धरा है।"

"ना दीदी, आपनी चलून, कैमोन ठाकुर ठाकुर चेहरा, ऐके बारे में निमाई ठाकुर।"

इन भंड साधु-महात्माओं पर उसे ज़रा-सी भी श्रद्धा नहीं थी, अम्मा ठीक

कहती थी।

"मूँड मुँडाये तीन गुन, सिर की मिट गई खाज।
खाएन को लड्डू मिलें, लोग कहें महाराज।"

वह बार-बार कोंचे जाने पर बड़ी अनिच्छा से उठकर बाहर गई तो देखा, एक दीर्घदेही, गैरिक वसनधारी, सीढ़ियों पर खड़ा है, कंठ में रुद्राक्ष के बड़े-बड़े दानों की माला, कन्धे से लटका गेरुआ झोला और हाथ में कमंडल। यद्यपि मार्ग की क्लान्ति के कारण, दोनों ओंठ सूख गए थे। फिर भी लाल-लाल क्लान्ति स्पष्ट होकर पूरे चेहरे को उद्‌भासित कर रही थी। आप्त-म्लान कमल पुष्प की भाँति गौर मुखमंडल, घनी दाढ़ी मूँछों से ढका था। अर्द्ध स्तमित आँखें उसने ऐसे झुका लीं जैसे नारी मात्र की ओर देखना भी उसके लिए पाप हो—मूर्तिमान सौन्दर्य ही जैसे उसकी सीढ़ियों पर खड़ा हो गया था।

"आपने भोजन के लिए कहा है महाराज, पर मेरा खाना तो मेरी नौकरानी बनाती है, आपको कोई आपत्ति तो नहीं होगी?"

पर उसकी दृष्टि धरा पर ही निबद्ध रही, प्रश्न जैसे सुना ही न हो।

"तब क्या बहरे थे महाराजजी!"

पर उत्तर देता कैसे? उसके हृदय में तो दारुण झंझा बह रही थी। महाकाल, तुम्हारी माया दुर्निवार है, जिस मोह की डोर निर्ममता से तोड़ मैं बहुत दूर चला गया था, वहीं आज क्यों खींच लाये प्रभो! इस निर्मम प्रचंड ज्वाला को कैसे सह पाऊँगा मैं।

"महाराज, आप कुछ ऊँचा सुनते हैं क्या? मैंने पूछा था कि आप क्या मेरी नौकरानी के हाथ का बना खाना खा लेंगे?" इस बार वह ज़ोर से बोली।

अतिथि का अस्वाभाविक मौन देखकर उसे सहसा हँसी आ गई। उसी हँसी के परिचित स्वर से स्मृति के अधमुँदे कपाट नियति ने खोल दिए। न चाहने पर भी वैरागी की आँखें उस चेहरे पर निबद्ध हो गईं।

वही मोहक गड्ढे। अब रही-सही भ्रांति भी मिट गई। वही थी वही जो कभी अपना सर्वस्व लेकर उसकी ओर इस आशा से बढ़ी थी कि वह उसे स्वीकार लेगा, किन्तु उसने एक पद-प्रहार से, उसके स्वप्नों का प्रासाद छिन्न-भिन्न कर रख दिया था। पाषाण-पिंड, आज तुझे नियति, फिर यहीं ले आई है कि तू अपनी जड़ता का प्रायश्चित कर सके।

"तो खाना ले आऊँ महाराज?"

स्पष्ट था, उसने उसे नहीं पहचाना—थोड़ी ही देर में नौकरानी बड़ी श्रद्धा

से लोटा, अँगोछा लाकर बोली—"हाथ-मुख धुये नीन बाबा" (हाथ-मुँह धो लें बाबा) वह निश्चेष्ट बैठा ही रहा—शरीर की समस्त शिराएँ एकसाथ स्पंदित होती उसे पल-पल अवश बना रही थीं। विधि की प्रबल लेखनी ने जो लिख दिया है, उसे मिटाएगा कैसे?

नौकरानी चली गई तो उसने बड़ी चेष्टा से उठकर, हाथ-मुँह धोया। तीन दिन से उसने केवल दो केले खाये थे। निकला था वेलूरमठ की काली के दर्शन को, पहुँच गया यहाँ, सोचा था द्वार खुले हैं, किसी गृहस्थ के गृह में दो मूठ अन्न तो मिल ही जाएगा!

थाली लेकर स्वयं स्वामिनी आई, झुककर उसके सम्मुख थाली रखी तो भीगे केशों की एक लट, उसके कर पृष्ठ को छू गई। वर्षों तक गहन गिरि कन्दराओं में भटकनेवाला संसार त्यागी सिर से पैर तक काँप उठा—तब क्या इस सुदीर्घ साधना के बाद भी वह उस मोह से विमुक्त नहीं हो पाया?

"खाइए महाराज," साक्षात अन्नपूर्णा की-सी मनुहार से वह तटस्थ हुआ। रोटी, दाल, दही और भरी भिंडी की सब्जी—विषाद नैराश्य एक विवशता के उन विषम क्षणों में भी घनी दाढ़ी-मूँछों से ढके अधरों पर मुसकान खेल गई। इसी भिंडी ने कभी प्रथम परिचय कराया था और आज फिर यही भिंडी उससे मिलाने चली आई?

उसने एक गस्सा मुँह में रखा पर कंठ में वही टुकड़ा अटकने लगा—कहाँ गई वह क्षुधा जो क्षण भर पूर्व उसे व्याकुल कर उठी थी, वह उठ गया।

"यह क्या, आपने तो कुछ खाया ही नहीं महाराज, क्या खाना अच्छा नहीं बना है?" उत्तर में अतिथि की मूक-दृष्टि एक बार फिर उसी चेहरे पर निबद्ध हो गई।

वह आश्चर्य से उसे देख रही थी—ठीक ही तो कह रही थी चारु, कैसा देवोपम तेज था चेहरे पर—और आँखें—जैसे दो ज्वलंत फिरोजा ही किसी ने जड़ दिए हों। कैसा चीन्हा पहचाना चेहरा लग रहा था।

वह उठा, झोला कन्धे पर डाल जाने को उद्यत हुआ, तो मेज़बान ने अधीर स्वर में कहा, "ज़रा रुकिए महाराज, मेरी अम्मा कहती थीं द्वार पर आए साधु-संन्यासी को कभी खाली हाथ विदा नहीं करते, आप एक मिनट रुकें।" फिर भीतर जा उसने पर्स से एक सौ का नोट निकाला और उसके चरणों पर धर दिया।

"महाराज, यह सामान्य पत्र-पुष्प स्वीकार कर, मुझे आशीर्वाद दीजिए।

मेरा अशान्त चित्त, शान्त रहे। मैं इस संसार में एकदम अकेली हूँ, अनाथ। कोई नहीं है मेरा।''

अचानक, उस तेजस्वी दिव्य मूर्ति की उपस्थिति ने, उसके संसार-भीरु चित्र को, उस अनजान के प्रति कैसी श्रद्धा से भर दिया—झुककर उसने अपना सिर, उन गौर चरणों पर टेक दिया, गीले बालों से दोनों पैर ढक गए—वह रो रही थी और निर्दोष अश्रुधार से, वीतराग अपराधी के चरण भीगते जा रहे थे।

उसने हड़बड़ाकर दोनों पैर खींच लिए—''मैं तुम्हें कैसे शान्ति का आशीर्वाद दे सकता हूँ लच्छी, मैं तो स्वयं ही अशान्त हूँ।'' वह चौंककर खड़ी हो गई।

आज पूरे तीस वर्ष पश्चात, कौन था उसे इस नाम से पुकारनेवाला? ''तुमने मुझे पहचाना नहीं? मैं ही तो हूँ तुम्हारी अशान्ति का मूल। तुम्हें असहाय छोड़, पिता, बहन सबको मँझधार में छोड़ मैं ही तो कायर की तरह भाग गया था। कहाँ-कहाँ भटका, कैसी-कैसी साधना, न्याययोग, कहीं मुझे शान्ति नहीं मिली।

''आज तक अपने पश्चात्ताप की ज्वाला में पल-पल भस्म हो रहा हूँ, शायद नियति मुझे, तुमसे क्षमा मँगवाने ही यहाँ खींच लाई—मुझे क्षमा कर दो लच्छी।''—विस्मृत अपमान, अवमानना से लच्छी का चेहरा तमतमा उठा।

छिः-छिः, जिसने उसका अपमान किया था, जिसके आघात ने, उसके माता-पिता के प्राण लिये थे, उसी के चरणों में वह लोटी।

वह हँसा, कैसी निष्पाप निर्दोष हँसी थी, जैसे झक-झक कर दर्पण चमक रहा हो, वह एक बार फिर सब भूल गई।

''माफ कर दिया ना? तुम्हारे उत्तर के लिए रुकूँगा नहीं, कहीं तुमने ना कह दिया तो?'' वह फिर उसी नटखट हँसी से उसे लोहे के शेरवाली सीढ़ियों पर खींच ले गया, जहाँ उसे अपनी जूठी जलेबी का अर्द्धांश खिला उसने पूछा था इसका अर्थ समझती हो ना?

वह खड़ी देखती ही रही और वह तीर-सा निकल गया।

चारु दौड़कर उसके पीछे खड़ी हो गई—''ऐ दीदी, जिज्ञेस करो ना, आभार खोकन फिरबे की? फिरबे?'' (ऐ दीदी पूछ लो ना, मेरा खोकन क्या लौटेगा? लौटेगा?) ओमाँ, कारेछो जे (अरी माँ तुम तो रो रही हो)

स्वामिनी की आँखों से बहती अश्रुधार देख वह फिर उसे झकझोरने

लगी। ''की होये दे दीदी, कांदछो कैनो।'' (क्या हुआ दीदी, रो क्यों रही हो?) पर दीदी तो एकटक विमूढ़ अन्धकार में क्रमशः विलुप्त हो रही उस दीर्घ देही अतिथि को देख रही थी।

चारु की ही भाँति, उसका अशान्त अधीर चित्त भी वही प्रश्न पूछ रहा था–

''फिरबे की? फिरबे?''

(लौटेगा, क्या वह लौटेगा)

मँझले दद्दा

कुसुम सामान को वेटिंग रूम में एक किनारे से लगवा, कुरसी खींचकर बैठ गई। फिर एक सरसरी दृष्टि से उसने अन्य महिलाओं की ओर देखा। एक मोटी-सी ललाइन अपनी नकली रेशमी साड़ी चमकाती, कटोरदान से मठरियाँ निकालकर अपने काले दुबले-से बच्चे को जबरन ठुँसा रही थी। दूसरी ओर एक एंग्लो इंडियन लड़की बार-बार अपने पर्स से टिकट निकाल उलट-पुलटकर देख रही थी और बीच-बीच में सूखे होंठों पर लिपस्टिक फेरती जा रही थी। फर-फर कर पंखा पूरे वेग से चल रहा था, फिर भी न जाने कैसी घुटन थी। कुसुम की बेंत की टोकरी और सुराही को करीने से लगाकर, वेटिंग रूम की आया उसके पास ही खिसक आई। साँवली-सलोनी सूरत की आया उसी ठप्पे की थी, जैसी प्रायः महिला प्रतीक्षालयों में होती है। पान दोख्ते से गाल फुलाकर वह बोली, "सरकार, देहरा से जाइएगा ना? अभी तो पूरा पाँच घंटा है। कहीं टहल-वहल आइए ना। हम सामान देखती रहेंगी। कल एक मिस साहब तो पिक्चर भी देख आईं। बड़ी आला पिक्चर लगी है–'दिल तेरा दीवाना'।" आया ने बड़ी रंगीन मुस्कान बिखेर दी।

कुसुम कुछ नहीं बोली, ऐसी ओछी जात को 'स्नब' करना ही उसका स्वभाव बन गया था, पर बीस मिनट में ही वह ऊबकर रह गई। एक-आध पत्रिकाएँ भी ले आई थी, पर सब कचरा निकलीं। ललाइन ने अपने लल्ला को लड्डू और मठरियाँ खिला-खिलाकर बोर कर दिया था। उधर एंग्लो इंडियन लड़की की ट्रेन छूटने का समय हो गया था, वह भी सामान उठवाकर चल दी। ठीक ही तो कह रही थी आया, क्यों न वह मिस मिश्रा से मिल आए। दोनों ने एक साथ ही एल.टी. किया था। कैसी आनन्दी स्वभाव की लड़की थी माधुरी मिश्रा! कितनी खुश होगी उसे देखकर। मिस मिश्रा की

बात सोचते ही कुसुम के कलेजे में स्मृति का तीर-सा बिंध गया। कैसी पगली है वह! क्या इस शहर में एक मिस मिश्रा ही उसकी परिचिता है? और मँझले दद्दा! मनमुटाव हो जाने से ही तो रक्त-मांस की डोर नहीं कटती। सहसा उसकी दृष्टि सामने टंगे आईने पर पड़ी—क्या बन गई थी कुसुम जोशी? कौन कहेगा, वर्षों पूर्व एक अपूर्व लावण्यमयी नीलोत्पल-विलोचना किशोरी, इसी चमड़े के सोफे पर बैठी इसी आईने में अपना गुलाब के फूल-सा चेहरा देखकर स्वयं ही मुग्धा बन गई थी। चेहरा यही था और आईना भी यही, किन्तु दगाबाज मित्र की भाँति आज वही आईना उसकी खिल्ली उड़ा रहा था।

बाबूजी रिटायर होकर पहाड़ जा रहे थे, अम्मा बार-बार सामान गिने जा रही थीं और सामान भी क्या था—एक ईमानदार मध्यवर्गीय अध्यापक के पूरे जीवन का लेखा। काले, फीके, रंग उतरे बक्स, समय की चपेटों से जर्जर चारपाइयाँ, किसी साहबी बँगले के नीलाम से खरीदी गई बेमेल बूढ़ी कुरसियाँ! मँझले दद्दा एक कोने में बैठे अपनी किसी पुस्तक के गहन अध्ययन में डूबे हुए थे और आरामकुरसी की लकड़ी की बाँहों पर अपनी पतली-पतली टाँगें फैलाए, बड़े दद्दा नाक से खुर्राटा निकाल-निकालकर दीवार पर चिपकाए चले जा रहे थे कि बाबूजी की नजर पड़ गई थी। वह चिल्लाए थे—'अबे ओ मुर्गी के, क्या खीर निकाले जा रहा है, ईडियट कहीं का!' और एक सहमी खिसियानी हँसी हँसकर बड़े दद्दा कुसुम के पास खिसक आए थे। प्रायः ही डाँट पड़ने पर वह अपनी छोटी बहन के पास सिमट आते, जैसे डपटा गया कुत्ता दुम दबाकर मालिक के पैरों के नीचे आ बैठता है। आज भी बड़े दद्दाविहीन उस खाली आरामकुर्सी को देखकर कुसुम की आँखें डबडबा आईं। बड़े दद्दा तीन वर्ष हाई स्कूल में फेल होकर घर बैठे थे, उन्हें मिरगी का भयानक दौरा भी पड़ने लगा था, इसी से पढ़ाई छुटवा दी गई थी। बड़े दद्दा उसके पास आकर बैठे ही थे कि उसकी दृष्टि, विजिट इंडिया के चित्रों के बीच टँगे आईने पर पड़ गई थी और पहली बार उसे अपने चेहरे पर गर्वबोध हुआ था। उसकी बुआ उसकी अम्मा से कहा करती थीं—'भाभी, तुम्हारी बिटिया की आँखों में यह साहबी नीलम कैसे जड़ गए?' बेचारी बुआ क्या जानती थीं कि उनकी अभागी भतीजी की उस असली नीलम की जोड़ी का गुणी जौहरी कभी नहीं जुटेगा! उसकी अम्मा नहान की थीं और नहान की प्रवासिनी कुमाऊँनी रमणियाँ अपने सौन्दर्य के लिए प्रसिद्ध हैं। ननिहाल

के नोनपानी से ही कुसुम का तारुण्य भी लहलहा उठा था। अपनी सोलह वर्ष की इकहरी देह की फुलझड़ी-सी छोड़ती वह जब इस वेटिंग रूम में आई थी, तो कई जोड़ा टिकेट चेकर निरर्थक सीटियाँ बजाते चक्कर लगाने लगे थे। उसके निगोड़े रूप का सदा यही हाल रहता। अम्मा उसे ढाँपती-ढूँपती कोसती रहतीं—'मरे यह छोकरी। जहाँ ले जाऊँ, मरी आँखों में गड़ी जावे है!' और उस वक्त कुसुम की ऐसी तबीयत कोफ्त होती कि जी में आता, वह आबनूस का चक्का ही क्यों न हुई! और आज? क्या खाक पत्थर अवशेष रहा था उस चेहरे का! शिक्षा विभाग की लम्बी सेवा ने उसके सौन्दर्य का खँडहर भी नहीं रहने दिया। आधे से ज्यादा बाल पक गए थे। दिन-रात के दौरों ने मुख श्रीहीन कर स्याही-सी फूँक दी थी। फ्रस्ट्रेटेड अध्यापिकाओं के निरन्तर सहवास ने अपना इतिहास, उसके चेहरे पर क्रूर अमिट रेखाओं में लिख दिया था जिन्हें चाहने पर भी वह अपनी भुवन-मोहिनी हँसी के रबर से नहीं छुटा सकती थी। अब वह हँसी भी कहाँ रह गई थी, अब वह थी कि एक कुशल रीजनल अफसर की व्यंग्यात्मक हँसी, जिससे उसके सूखे होंठों पर उसके दफ्तर की सील मुहर-सी ही लग जाती थी! आज भी वह कुसुम जोशी जीवित रह सकती थी यदि मँझले दद्दा बीच में न पड़ते। आज फिर क्या वह उन्हीं मँझले दद्दा से सन्धि कर ले?

मँझले दद्दा उनके गृहमुकुट के मणि थे। अध्यापक की सन्तान कभी खोटी नहीं निकलती। बाबूजी के अध्यापन-काल के सन्तुलन के प्रतीक थे मँझले दद्दा। जब स्कूल में थे, तो गणित के साध्य उनके लिए दाल-भात थे। जब युनिवर्सिटी में गए तो 'टॉपर' रहे, पर जब सुख का समय आया तो बाबूजी चले गए। उनके खेत की लहलहाती फसल थे मँझले दद्दा जिनको बाबूजी ने हाड़-मांस से सींच-सींचकर पोसा था। घुँघराले बालों वाला मदन जोशी मँझले दद्दा का अन्तरंग मित्र था। लम्बोतरा चेहरा और उस चेहरे पर तानकर सी-मढ़ी गोरी चमड़ी जिसमें एक शिकन भी कहीं नहीं दिखती थी। लम्बी उन्नत नासिका और बैल जैसे पुष्ट कन्धे झुमाता वह प्रत्येक ग्रीष्म की छुट्टियाँ उन्हीं के यहाँ बिताता। उसके माता-पिता नहीं थे। चाचा-ताऊ गाँव में रहते थे, इसी से जब युनिवर्सिटी से लौटता, अल्मोड़ा के सीमान्त पर बसा कुसुम का मकान ही उसका अड्डा बनता। बाबूजी की मृत्यु के पश्चात् एक कठोर संघर्ष से जूझकर जब उनका परिवार आगे बढ़ रहा था, तब ही मदन का परिचय उनसे हुआ था। संघर्ष के बीच मामूली-सा परिचित व्यक्ति भी

घनिष्ठ हो उठता है, फिर भी कुसुम से वह कुछ झिझककर ही बोलता था। इसी बीच एक दिन ताल में मछली मारते बड़े दद्दा को मिरगी के दौरे ने सहसा उनके अभिशप्त जीवन से मुक्ति दे दी। जिस व्यक्ति से एक कुसुम को छोड़कर किसी ने भी सहृदयता का व्यवहार नहीं किया था, उसी के लिए अचानक सब शोक से विह्वल हो उठे। उसके प्रति किए गए अनादर और अवहेलना का बोध अम्मा और मँझले दद्दा के लिए गुरुतर हो उठा और कुसुम बार-बार बड़े दद्दा की अरथी से लिपट-लिपटकर बौरा-सी गई। तब ही एक पुष्ट बाँहों के बन्धन ने उसे छुटाकर भीतर लिटा दिया। उस स्पर्श ने उसके हृदय की छिपी अग्नि को दहका दिया। उसका अपार्थिव सौन्दर्य चाहने पर संसार के किसी भी पाषाण-हृदय व्यक्ति को पिघला सकता था। धीरे-धीरे दोनों ने निर्भय होकर एक-दूसरे को पहचान लिया। पहले चोरी-छिपे एक-आध बातें हुईं, फिर चिट्ठियाँ चलने लगीं। एक दिन न जाने कैसे मँझले दद्दा के हाथ मदन की एक चिट्ठी पड़ गई और उन्होंने कुसुम को मारते-मारते बेदम कर पिछवाड़े के कमरे में बन्द कर दिया। 'नालायक छोकरी, हमारी नाक कटाएगी! जानती है, हम कितने ऊँचे जोशी हैं! और तू उस श्राद्ध-तर्पण करानेवाले जोशियों के बेटे को वरेगी? खबरदार जो मैंने आज से तुम दोनों को एकसाथ देखा!' फिर तो देखने की नौबत ही नहीं आई। मदन विदेश चला गया और विदेशी मुद्रा के बन्धन में ऐसा फँसा कि वहीं एक फ्रेंच लड़की से ब्याह भी कर लिया। मँझले दद्दा, जो गायत्री के जाप से उनके टूटे मकान की छतों को गुँजाया करते थे, कुल की मर्यादा और निष्ठा की बड़ी-बड़ी बातें अचानक भूलकर रह गए। कुसुम एम.ए. कर एल.टी. भी कर चुकी थी, उधर आई.सी.एस. में प्रवेश पाते ही मँझले दद्दा एक प्रख्यात उद्योगपति की वणिक कन्या को ब्याह लाए। अम्मा ने छाती पीट-पीटकर बाल नोंच डाले थे और आँगन में लोट-लोटकर मृत बाबूजी से कुपुत्र की कुख्याति की यथेष्ट उच्च स्वर में नालिश भी की थी। फिर बरसों का एक लम्बा नीरस अरसा निकल गया था। एक बार मँझले दद्दा ने बड़े उत्साह से पुत्र-जन्मोत्सव पर अम्मा को न्यौता डाला, तो अम्मा पसीज गईं। कुसुम तब प्रिंसिपल थी। उसने एक चपरासी को साथ कर अम्मा की जिद पूरी भी कर दी थी, पर मन ही मन वह अम्मा के औदार्य पर क्षुब्ध हो उठी थी। वह मँझले को जीवनभर क्षमा नहीं कर पाएगी। फूलदार पेटी, तुलसी का गमला और एक पोटली में अपने ठाकुरजी का विस्तृत परिवार समेटकर अम्मा

बड़े उत्साह से चल दी थीं। एक पोटली में ढेर-सी मेवा-पँजीरी भी कुटवाकर ले गई थीं। बेचारी अम्मा! जैसा कुसुम का अनुमान था, तीसरे ही दिन अम्मा लौट आईं। रहतीं भी कैसे! भाभी के असंख्य कैक्टस के गमलों के बीच बेचारी अम्मा का तुलसी का बिरवा कहाँ पनप पाता! खानसामा मुसलमान था और आया थी चमारिन। वापस लौटकर आठ दिनों तक अम्मा गोमूत्र से नहाती रही थीं। इसके बाद माता-पुत्र के सम्बन्ध की डोर नियति ने कुछ आवश्यकता से अधिक क्रूरता से काट डाली थी। एक-दो बार सौ रुपए का मनीआर्डर भी मँझले दद्दा ने भेजा था, पर कुसुम ने उसे बड़ी बेरुखी से लौटा दिया था—छूटे गाँव से क्या नाता!

कैसा आश्चर्य कि आज इतने वर्षों बाद एक परिचित आईने में अपना मुँह देखते ही पिछले जीवन का परदा जैसे यकायक स्वयं उठ गया। एक बार मँझले दद्दा को देखकर खूब कोरी-कोरी बातें सुनाने को वह ललक उठी। अम्मा मृत्यु-शय्या पर थीं। उन्हें मुख का कैंसर हो गया था। तिल-तिल कर घुला देनेवाली मौत कभी भी आकर उन्हें दबोच सकती थी। अम्मा ने अपने मुँह से कभी भी कुछ नहीं कहा, पर कौन ऐसी माँ होगी जो मृत्यु-शय्या पर एक बार पुत्रमुख देखने की कामना नहीं करती! मँझले दद्दा के नूतन वैभव और समृद्धि का समाचार प्रायः ही अम्मा को लोग सुनाते, तो वह बौखलाकर कहतीं—'भाड़ में जाए उसकी अफसरी! मुझे उससे क्या! लंका में सोना है, तो मेरे बाप का क्या है? मेरी तो कुसुम ही कमिश्नर है। यह न होती, तो नकटा जिए बुरा हवाल होता।' पर कुसुम मन ही मन अम्मा की व्यथा को जानती थी। बेटी कितना ही करे बेटी ही रहेगी और अकर्मण्य पुत्र भी माता का गौरव ही बना रहेगा। अम्मा के लिए कुसुम ने तापसी जीवन अपना लिया था। न वह घूमने जाती, न सिनेमा। कितनी शौकीन थी वह! कैसे-कैसे अरमान थे उसके, जब दो ही साड़ियाँ थीं, तब भी उन्हें वह कलफ अबरक पिला-पिलाकर रंग बदल-बदल पहना करती थी। और आज टस्सर और सिल्क की साड़ियाँ भी उसके हाथ का मैल थीं, पर तृष्णा बूढ़ी हो गई थी। मँझले दद्दा के प्रति उसका क्रोध दिन-प्रतिदिन घनीभूत होता जा रहा था। क्या उनका अम्मा के प्रति कोई कर्तव्य नहीं था?

आज वह अवश्य जाएगी, यकायक खड़ी होकर बोली, "आया, तुम सामान देखना, मैं जरा शहर घूमने जा रही हूँ।"

और अपनी बादामी किनारेविहीन साड़ी की भाँजें ठीक करती हुई आईने

के निकट चली गई। चेहरा ठीक वैसा ही क्रूर और रूखा दिख रहा था जैसा एक अनुभवी रीजनल इंस्पेक्ट्रेस का दिखता है। मन के घाव यदि शरीर के घावों की भाँति दिखाए जा सकते, तो वह आज मँझले दद्दा को दिखा देती कि उसकी दशा राणा साँगा से भी हीन है और उसके प्रत्येक घातक घाव के लिए वही उत्तरदायी हैं—मँझले दद्दा जो अपनी अफसरी मेज के ही मर्द बनकर रह गए हैं।

एक रिक्शा लेकर वह चल दी, ठंडे मीठे से हवा के झोंके ने अशान्त चित्त को मृदु थपकी-सी दी। कई सड़कें पार कर उसका रिक्शा एक आलीशान लाल कोठी के बाहर सहमकर खड़ा हो गया। बटुआ खोलकर कुसुम ने बड़े इत्मीनान से रिक्शावाले को पैसे दिए और अपना मर्दाना जूता खटखटाती बढ़ गई। उस दुर्दान्त महिला का दुःसाहस देखकर एक भड़कीला अर्दली बढ़ आया और बोला, "किससे मिलना है, मिस साहब?"

"साहब हैं?" कुसुम ने कड़ी आवाज में पूछा।

"हाँ, हैं तो, पर..."

"ठीक है, मुझे उन्हीं से मिलना है। यह कार्ड उन्हें दे दो।" कहते-कहते उसका गला अवरुद्ध हो गया। मँझले दद्दा से मिलने वह कार्ड भेज रही है।

"अरे कुसुम! भई, वाह! आओ-आओ!" मँझले दद्दा मुस्कराते बरामदे में खड़े थे। एक पन्द्रह-सोलह वर्ष का तगड़ा-सा लड़का अपना ब्लेजर झाड़ रहा था। ओह, तो यही उसका भतीजा है! कुसुम ने झुककर मँझले दद्दा के पैर छुए। भतीजा अपरिचिता बुआ को देखता, ब्लेजर झाड़ता रहा।

"बैठ-बैठ, तेरी भाभी अभी आती ही होंगी, तैयार हो रही हैं। बात यह है कि आज हमारे कुछ विदेशी अतिथि आ रहे हैं।"

ओह, तो मँझले दद्दा सचमुच साहब बन गए हैं। कुसुम को सहसा अपनी आँखों पर विश्वास नहीं हुआ, धोती की लाँग लगाए, जनेऊ को हाथ में लपेट एक नथुने को हाथ से दबाए सन्ध्या करते ब्राह्मण-पुत्र का चित्र धुँधला पड़कर जैसे उसी क्षण एकदम ही मिट गया।

"जानती है कुसुम, मैं इधर ही यह सब लेने लगा हूँ। दिन-रात विदेशी अतिथि आते रहते हैं, अब इनके बीच गले में रुद्राक्ष की माला डालकर तुलसी की चाय पीकर तो अफसरी चलती नहीं। यह सब करना ही पड़ता है।" एड़ियाँ साधे, बगुले से चिट्टे लिबास में नुकीली दाढ़ी सँवारे खानसामा ट्रे ले

आया।

"अब यही ब्रैंडी देख, गोवा से मँगवाई है, चलेगी?"

कुसुम ने घृणा से मुँह फेरा तो मँझले दद्दा हो-हो कर हँसने लगे—"पगली कहीं की, जहर थोड़े ही दे रहा हूँ। लो, तुम्हारी भाभी आ गईं। तुमने इन्हें पहले देखा होता, तो मेरी पसन्द का लोहा भी मानतीं। अब तो यह उजड़ी दिल्ली है। क्यों, है न, डार्लिंग?" भाभी किंचित् रोष से भ्रू कुंचित कर मुस्करा दीं। कुसुम उठ नहीं सकी, किसी भी प्रकार की अभ्यर्थना के लिए उसका चोट खाया चित्त राजी नहीं हुआ। लम्बे चेहरे पर, लाल-लाल रँगे होंठ ही होंठ नजर आ रहे थे, उन्हें अपने लेस लगे रूमाल से पोंछती, भाभी ऐसे शब्दों में फुसफुसाई जैसे विदेशी चलचित्र की तारिकाएँ फुसफुसाती हैं—"ओह, कितना आह्लादपूर्ण आश्चर्य! आज हमारे कुछ विदेशी दूतावास के मित्र आ रहे हैं। इसी से मैंने यह पहाड़ी लहँगा रानीखेत से मँगवाया। क्यों, लग रही हूँ ना कुमाऊँनी?"

कुसुम तिलमिलाकर उठ गई—गोवा की स्मगल की गई ब्रैंडी, विदेशी शहंशाह और मलिका, भारतीय संस्कृति और दमकती अफसरी के बीच, बिस्तर पर पड़ी रुग्णा जननी को मँझले दद्दा क्या एकदम ही भूल गए? क्या आधुनिका पत्नी के लिए कुमाऊँनी लहँगे की व्यवस्था के बीच उन्हें कुमाऊँ के कंचन शृंग, देवदार, चीड़ और बाज, अयार की घंटी-सी बजाती बयार की सुधि एक बार भी नहीं आई?

"मैं चलती हूँ, मँझले दद्दा। मेरी गाड़ी आठ बजे छूटती है।" और इससे पहले कि दद्दा उसे रोक पाते वह फिर अपने मर्दाने जूते खटखटाती तेजी से बाहर निकल गई।

मँझले दद्दा की निष्क्रिय भारतीय संस्कृति ने बीस मिनट ही में उसका गला-सा घोंट दिया था। कुरसी पर बैठे, मँझले दद्दा की लौंग ब्रैंडी के बीच शायद क्षण भर को उनका विवेक जाग्रत हो उठा था, इसी से उन्होंने उसे रोका नहीं। रोकते भी कैसे?

कुसुम को लगा उन्नीस वर्ष पहले, अरथी में बँधे निर्जीव बड़े दद्दा और कुरसी पर बैठे निर्जीव मँझले दद्दा में कोई अन्तर नहीं। बड़े दद्दा ने जीवन भर सबकी अवहेलना सही, किसी को उनसे कुछ आशा नहीं थी, इसी से शायद वह भी बिना किसी से कुछ माँगे, अपने सरल, स्निग्ध, स्नेह की धारा से सबको परिप्लावित कर एक दिन आँखें मूँदकर चले गए थे!

इधर मँझले दद्दा की आँखें खुली थीं, साँस चल रही थी, किन्तु वह भी उनके बीच से चले गए थे, सदा-सदा के लिए। बड़े दद्दा की मौत पर वह कितना रोई थी और मँझले दद्दा! उनकी तो यह अकाल मृत्यु थी, जिसका धक्का मनुष्य को सहमा देता है, रोने का अवकाश ही कहाँ देता है?

टोला

आज से तीस वर्ष पूर्व, ठीक दीवाली के दिन, घर आई लक्ष्मी को मैंने लौटा दिया था, और उस प्रत्यावर्तन का भयंकर दुष्परिणाम ही, शायद मुझे इतने वर्षों में भी, इस पावन उल्लास पर्व के दिन, उत्साहहीन कर जाता है। मुझे लगता है, म्लानमुखी लक्ष्मी की डबडबाती आँखों के याचनापात्र को, मैंने गहन रूढ़ता से रीता ही लौटा दिया था, इसी से जब घर-घर में दीयों की पाँत जगमगाने लगती है, मेरे अन्तर के दीये की क्षीण लौ को जैसे उन्हीं डबडबाती आँखों की स्मृतियाँ, फूँक मारकर बुझा जाती हैं। सड़कों-गलियों पर पटापट छूटते पटाखे, अपने धमाकों से मुझे झकझोरकर रख देते हैं। मुझे लगता है, उसे यदि मैं उस दिन, हृदयहीन निर्भयता से झिड़ककर न भगाती, तो शायद उसके निर्दोष चेहरे की वह बीभत्स स्मृति, आज ऐसे गहन पश्चात्ताप से, मेरा अपराधी मस्तक नत न करती।

जन्म से दरिद्र किन्तु रूप में साक्षात देवांगना कुमाऊँ के लिए, दारिद्र्य में ऐसा सौन्दर्य अपवाद नहीं माना जाता। बाल्टे, स्यूँण एवं बाड़े खोला की गुदड़ियों में न जाने ऐसे कितने रत्न छिपे रहते हैं।

लक्ष्मी की माँ, एक बड़ी-सी टूटी चिलमची में चिकनी मिट्टी बेचने, हमारे यहाँ भी आया करती थी, 'गुस्याणाँ (बिटिया) सेवनियाँ' कहकर ही हमारी अभ्यर्थना का अधिकार उसे प्राप्त था। चरणस्पर्श भी तब उसके लिए वर्जित था, किन्तु लक्ष्मी की माँ जितनी ही दरिद्र थी, उतनी ही कर्मठ और व्यवहारकुशल भी थी। तेरह बच्चों को उसने मिट्टी बेच-बेचकर ही पाला था। अकर्मण्य पति कभी फौज में था, पता नहीं क्यों, एक दिन नौकरी छोड़-छाड़कर घर आ गया और तब से निरन्तर अपने वृहत् परिवार की परिकल्पना को, वृहत्तर रूप देता उन्नीस बच्चों का पिता बन चुका था, जिनमें

कुल जमा तेरह बचे थे। लक्ष्मी, उन्हीं घोर कृष्णवर्णी भाई-बहनों के बीचोबीच, द्युतिमान तारिका-सी ही चमकती, बरबस सबकी दृष्टि अपनी ओर आकर्षित कर लेती थी।

'लक्ष्मी की माँ, तेरे बारह बच्चे तो एकदम काले तिल के लड्डू हैं री, ये लक्ष्मी किस पर गई, हम पूछते।'

'लक्ष्मी पर।' वह चट से गम्भीर होकर कहती।

'लक्ष्मी और लक्ष्मी पर?'

'हाँ, गुस्याणाँ, मैं पांडे पुरोहित का घर लीपने जाती थी, उनकी बैठक में महालक्ष्मी की बड़ी-सी तसवीर टँगी थी, नाथद्वारे के महन्त दे गए थे उन्हें। आहा, कैसा रूप था लक्ष्मीजी का—लाल रेशमी साड़ी, बताशे-सा रंग, दोनों सूँड़ों में कमल थामे, अगल-बगल खड़े सफेद हाथी, लगता था लक्ष्मीजी अब बोलीं तब बोलीं।

'यह छोकरी तब मेरे पेट में थी। मैं रोज तसवीर के सामने खड़ी हो हाथ जोड़कर कहती—देखो भगवती, छह-छह बेटे दिए हैं तूने, अब के अपने इसी रूप की एक भगवती मुझे भी दे।' मेरी वही विनती सुन ली भगवती ने। जब यह हुई, तो हरामजादी दाई मुझसे पूछने लगी—क्यों री, अपने बाप की है या कहीं हीराडुँगरी के टौमस साहब की गजबज तो नहीं है? तू तो उसकी मेम की मुर्गियों का चारा बनाने भी जाती थी न?

'बस, गुस्याणाँ, आग लग गई मेरे तन-बदन में, धाड़ से लात मारकर मैंने दाई को बाहर फेंका और नाल खुद काट ली। बस फिर तो परसूत ऐसा बिगड़ा कि लक्ष्मी के बाप ने दिन-रात शराब की मालिश न की होती, तो मैं बचती भी नहीं।'

यही नहीं, परलोक से इहलोक में खींचकर, लक्ष्मी के बाप ने उसे फिर सात वर्षों में, छह पुत्रों की जननी बना दिया। सबसे छोटे सवा साल के पुत्र नरीराम को छोड़कर, लक्ष्मी की माँ फिर मिट्टी बेचने जाने लगी थी।

एक दिन उसकी उस ऐतिहासिक चिलमची सहित ही निष्प्राण देह, लोगों को सड़क पर मिली थी। पत्नी की मृत्यु ने लक्ष्मी के पिता को अर्द्ध-विक्षिप्त-सा कर दिया था। रही-सही कसर शराब ने पूरी कर दी। लक्ष्मी के ग्यारह भाई स्कूलों में पढ़ रहे थे, बारहवें को गोद में टाँगे वह बेचारी पाँच-सात घरों में चौका-बासन करने लगी, उन्हीं में एक हमारा घर भी था।

काम करने में, लक्ष्मी ने अभी अपनी माँ की-सी सुघड़ दक्षता हासिल

नहीं की। एक तो शायद बेचारी के दुर्बल हाथों में शक्ति भी नहीं थी, पाँच-छह घरों के बर्तन मलना, सुवृहत् परिवार की रोटियाँ बनाना, बाप की गालियाँ खाना, उस पर रोने भाई की दिन-रात की रें-रें।

कुछ दिनों तक मैं उसकी निगरानी करती रही। कभी अधबुना स्वेटर पूरा करने का बहाना बना, मोढ़ा खींचकर चौके के पास बैठ जाती, कभी वहीं चिट्ठी लिखने लगती। उसकी माँ पर तो मुझे ऐसा विश्वास था कि कई बार, पूरा घर ही खुला छोड़, पास-पड़ोस, हाट-बाजार भी चली जाया करती थी, पर इस छोकरी का क्या भरोसा? कहीं एक-आध कटोरी-गिलास ही उठा लिया तो! उस पर नन्हे भाई को नित्य साथ लेकर आती थी, बीसियों खाने की चीज़ें—फल, दूध, मलाई तो चौके ही में धरी रहती थीं, क्या पता कभी जूठी अँगुली ही डुबाकर चटा दे।

'क्यों री, तेरा बाप क्या तेरी शादी की बात नहीं चला रहा है कहीं?'

'मैं शादी-वादी नहीं करूँगी, गुस्याणाँ।'

'तब क्या करेगी?'

'पढ़ूँगी। दाज्यू ने कहा है पाँचवीं तक तू पढ़ी है, दो साल घर में पढ़ ले, नरिया को अगले साल आमा (नानी) के पास छोड़ आएँगे, तब तू फिर स्कूल चली जाना। राख से सनी उसकी चम्पकवर्णी अराल अँगुलियों को मैं एकटक देख रही थी। कैसा अद्भुत रूप था छोकरी का और कैसा लपटें मारता अग्निवर्णी रंग! जब देखो तब यही लगता था, कि अभी-अभी चूल्हे की आँच के सामने से उठकर आई है। 'तू एक काम किया कर, लक्ष्मी!' मैंने कहा—'रात को सबको खिला-पिलाकर मेरे पास चली आया कर, मैं तुझे पढ़ा दिया करूँगी।'

और फिर, उसी दिन से मेरी वह शिष्या नित्य रात को, पूरा बस्ता समेट, मेरे पास पढ़ने आने लगी। किन्तु, उसके पाठ्यक्रम को पूरा कराते ही, मुझे वह ऐसी विचित्र गुरुदक्षिणा थमा जाएगी, यह मैंने कभी स्वप्न में भी नहीं सोचा था।

रात को सोने से पूर्व, गले की चेन, हाथ की सोने की चूड़ियाँ और अँगूठी उतार, मेज पर धरने के बदअभ्यास के लिए, मैं विवाह से पूर्व माँ से और विवाह के पश्चात् पति से, अनेक बार डाँट खाने पर भी यह आदत छोड़ नहीं पाई थी। लक्ष्मी पढ़ने आती तो मैं उसे पढ़ाते-पढ़ाते, नित्य एक-एक कर गहने उतार, मेज पर धरती जाती। वह पढ़कर जाने लगती, तो कहती—

'गुस्याणाँ, दरवाजा ठीक से बन्द कर लेना, बाबूजी भी दौरे पर हैं।'

मेरे घर में बर्तन मलते-मलते वह अब मेरी पूर्ण विश्वासपात्रा, अभिज्ञ सेविका बन चुकी थी। न जाने मैं कितनी बार अपनी अँगूठी गुसलखाने में भूल आती, पर वह मुझे लाकर थमा जाती। एक बार तो चुहल में, उसने मेरे कर्णफूल छिपाकर, बाद में मुझे खूब लताड़ा था—'देखो गुस्याणाँ, तुम्हारी यह लापरवाह आदत हमें पसन्द नहीं, जहाँ जी आए, ऐसी कीमती चीज बहा आती हो, घर में क्या अकेली मैं ही आती हूँ? बरेठिन, जमादारिन और तुम्हारा वह काना माली, सब ही घर में धड़ाधड़ घुसे चले आते हैं, एक करेगा तो सबका नाम बुरा होगा। ताले-चाभी में बन्द धरो ये सब चीजें—पता नहीं कब किस निगोड़े की नीयत बिगड़ जाए।'

तब क्या उस दिन वह मुझे चेतावनी ही दे रही थी?

उस दिन भी वह पढ़ने आई, पानीपत के तीसरे युद्ध की रूखी तारीखें उसे रटाते-रटाते, मैं नींद में ढुलकने लगी थी। वह जाने लगी तो मैं शायद सो गई थी—'उठो हो गुस्याणाँ, द्वार बन्द कर लो, मैं जा रही हूँ।' वह चली गई, तो आधी नींद में ढुलकती मैं उठी, द्वार बन्द किया और सो गई। पति दौरे पर थे, उस दिन घर पर होते तो शायद वह दुर्घटना न होती।

सुबह जगी, चाय बनाकर पी, नहाया और फिर गहने उठाने मेज पर गई, तो कलेजा धक् हो गया। एक अँगूठी को छोड़कर वहाँ कुछ भी नहीं था। अँगूठी भी शायद इसलिए छोड़ दी गई थी कि उसका कलेवर रूपाभ था, मूँगा जड़ी उस चाँदी की अँगूठी की तुच्छ महिमा शायद गुणी चोर को मोह नहीं पाई थी। मैंने मेज के नीचे देखा, पलंग के नीचे झाँका, व्यर्थ ही बिस्तर को झटका-पटका। हे भगवान्! कमरे में तो सिवाय मेरे और लक्ष्मी के कोई आया ही नहीं—तब क्या वह इसी गुरु-दक्षिणा की बात कर रही थी कल?

'गुस्याणाँ, सब किताबें खतम करा दी हैं तुमने, चक्रवर्ती ब्याज भी सिखा दिए, देखना अब कैसी बढ़िया गुरुदक्षिणा देती हूँ तुम्हें।'

नहीं-नहीं, जैसे भी हो, पति के घर लौटने से पहले ही झोंटा पकड़कर उगलवा लूँगी अभी सब। कहीं बेहया चोट्टी बाजार जाकर बेच न आए। गुस्से से थरथर काँपती मैं उसके यहाँ पहुँची, तो वह घर के आँगन में अकेली बैठी बर्तन मल रही थी। उसका छोटा भाई जमीन पर रेंगता सूखी रोटी का रोल बनाकर चूस रहा था। भाई स्कूल जा चुके थे, और बाप भी शायद कहीं

निकल गया था। घर में वह अकेली ही थी, इसी से मुझे अपनी चीज़ें बरामद करने में मुश्किल से दस मिनट लगे थे।

मुझे देखते ही उस नौसिखी ठगिनी का चेहरा फक् पड़ गया।

'गुस्याणाँ, क्या बात हो गई? बर्तन आज फिर जूठे रह गए क्या?' उसने हँसने की चेष्टा की, किन्तु उसकी हँसी होंठों पर फैल भी नहीं पाई थी कि मैंने उसे झोंटा पकड़कर घसीट लिया। 'चोर, बदमाश, बेहया! तेरी यह हिम्मत! यही गुरुदक्षिणा दी तूने मुझे!'

उसका भाई बहन को खींचे जाते देख जोर-जोर से रोने लगा, तो मैं घबरा गई।

कहीं उसका शराबी बाप आ गया तब! उस अकड़बाज मदालस व्यक्ति का नंगापन, मैं एक-दो बार पहले भी देख चुकी थी। मैं अकेली थी, एक तो वह ब्रह्मद्रोही बस्ती थी, कहीं मुझे ही घेर लिया तो अकेली क्या कर सकूँगी?

'निकाल मेरा गहना!' मैं फिर तन गई, गहनों की स्मृति मुझे फिर दुस्साहसी बना उठी। संसार की कौन नारी भला अपने खोए आभूषणों की व्यथा भूल सकती है? उसके गहने यदि किसी नदी की तीव्र धारा में बहने लगें, तो उन्हें निकालने वह तैरना न जानने पर भी उसी क्षण उस तीव्र गम्भीर जलधार में भी कूद सकती है।

वह चुपचाप उठकर भीतर गई और पलक झपकाते ही मिट्टी की एक हंडिया में धरी मेरी चारों चूड़ियाँ, घड़ी और चेन लेकर सिर झुकाए मेरे सम्मुख खड़ी हो गई।

'क्यों किया तूने ऐसा?' मैं ठीक से बोल भी नहीं पा रही थी।

'कल सबकी फीस जमा करनी थी, राजू इस बार हाई स्कूल दे रहे हैं। फीस न मिलती तो रह जाते।' उसका कंठस्वर अवरुद्ध हो गया।

'मूर्ख, मुझसे पैसे क्यों नहीं माँग लिए? यह चोरी क्यों की? और कोई होता तो तुझे पुलिस के हवाले कर देता। खबरदार, जो अब मेरे घर में पैर रखा!'

जिस राजू की फीस जुटाने, जिस मासूम बहन ने उस दिन इतना अपमान, इतनी लांछना सही थी, वह आज एक उच्च पदाधिकारी है, अपने ही शहर में। मैं उसे कई बार देख चुकी हूँ। किन्तु उसके अतीत के दारिद्र्य की, इस शहर में, मैं ही एकमात्र साक्षिणी हूँ, इसी से शायद उसने मुझे पहचानना

नहीं चाहा।

मैंने दूसरे ही दिन नई बर्तन मलनेवाली रख ली तो मेरे पति को बड़ा आश्चर्य हुआ—'क्यों? लक्ष्मी ने कुछ उठा-वुठा लिया था क्या? तुम तो उस पर जान छिड़कती थीं।'

'वह अब काम नहीं करेगी। उसका बाप कहता है, वह अब सयानी हो गई है, उसका इधर-उधर जाना ठीक नहीं है।' किस क्षेत्र में उसने अपने सयानेपन का परिचय दिया था, यह रहस्य मैंने अपने ही तक सीमित रखा। उसकी लज्जा जैसे स्वयं मेरी लज्जा बन गई थी। प्रायः ही मैं देखती—अँधेरा होते ही नशे में ढुलकता उसका बाप गाली देता कभी देहरी पर ही पसर जाता, कभी आँगन में।

'अरी ओ, कहाँ मर गई री, लक्ष्मी! आ, तेरी माँ के साथ-साथ तुझे भी मसान घाट पहुँचा आऊँ, तब ही मेरा कलेजा ठंडा होगा।'

डरी, सहमी, वन्य हरिणी-सी लक्ष्मी अपनी खिड़की से चेहरा सटाए, बड़ी आशा से एकटक मेरी खिड़की की ओर दृष्टि उठाए खड़ी रहती—शायद मैं उसे पहले की भाँति हाथ के इशारे से अपने पास बुला लूँ। कई बार तो मैं उसके शराबी बाप के क्रोध से बचाने, उसे ऐसे ही हाथ हिला-हिलाकर अपने पास बुला लेती थी और रात-रातभर नन्हे नरिया को छाती से लगाए असमय ही जननी-सी बन गई वह भोली किशोरी सारी रात मेरे स्टोर-रूम में काट देती।

किन्तु मैं उसकी निर्लज्ज चोरी को अन्त तक क्षमा नहीं कर पाई। मेरे औदार्य का क्यों उसने मुझे यही प्रतिदान दिया? मैं जानती थी कि वह पूरी बस्ती अपने इस जन्मजात दौर्बल्य के लिए बदनाम थी, किन्तु पढ़ी-लिखी लक्ष्मी भी मुझसे ऐसी प्रवंचना करेगी, यह मैं नहीं जानती थी। कम-से-कम उससे तो मुझे 'बासन बसन न लेहु चराई' के आश्वासन की आशा थी।

फिर पाँच-छह महीने तक मैंने उसे नहीं देखा। शायद ननिहाल चली गई थी, क्योंकि प्रायः ही देखती—उसका राजू पत्थर का चूल्हा लगा, आँगन में मोटे-मोटे टिक्कड़ सेक भाइयों की पंगत को खिला रहा है। फिर एक दिन वह सहसा स्वयं आकर मेरे द्वार पर खड़ी हो गई थी। ठीक दीवाली के दिन, जब मैं थाली भर दीये लेकर बाहर निकली ही थी कि देखा—सहमी-सकुची-सी! लक्ष्मी खड़ी है। उसके रक्तहीन चेहरे को देखकर मैं एक क्षण को डर गई। लगता था रक्त की एक बूँद भी नहीं रह गई अभागी में। सूखा चेहरा, रूखे

बाल, जीर्ण-शीर्ण फटे लहँगे-ओढ़नी में, किसी तरह अपनी लज्जा समेटे वह चुपचाप खड़ी रही, फिर बड़े साहस से सहमी दृष्टि उठाकर उसने कहा—'गुस्याणाँ सेवनियाँ।'

'क्या बात है?' मैंने बड़ी रुखाई से पूछा। उसे देखते ही, उसकी धृष्ट चोरी की स्मृति फिर मुझे बौखला गई थी।

'एक बात कहने आई हूँ।'

'क्या है?'

'आज धरमसिंह ठेकेदार आया था बाबू के पास।'

'तो मैं क्या करूँ?'

आज सोचती हूँ, मैं कैसे ऐसी पत्थर बन गई थी। धरमसिंह ठेकेदार के आने का अर्थ क्या मैं नहीं समझती थी? उसका पूरा इतिहास तो बेचारी मुझे कई बार सुना चुकी थी। वह हृदयहीन कसाई जब भी आता, उस बेचारी के लिए साक्षात् यमराज बनकर ही तो आता था, यह मैं जानती थी। कभी उसके बाबू ने उससे पाँच सौ रुपए लिए थे, ब्याज सहित वे ही अब पन्द्रह सौ हो गए थे। उस राशि से उऋण होने का एक ही उपाय वह बार-बार सुना जाता था—लक्ष्मी को उसके हवाले कर दे तो वह कर्जे से भी छुट्टी पा जाएगा, लड़की से भी। उसकी हिरुली दिदी के पास पहुँचकर जिन्दगी भर रानी बनकर राज करेगी। धरमसिंह की विधवा हिरुली दिदी अब आगरा की हीराबाई थी। कुमाऊँ, गढ़वाल की न जाने कितनी लछमियों को वह हीराबाई के कोठे पर पहुँचा आया था।

'तुम्हारे पाँव पड़ती हूँ गुस्याणाँ, पन्द्रह सौ दे दो मुझे। उस बदजात के मुँह पर पटककर, मैं जिन्दगी भर तुम्हारी सेवा करूँगी। देश-परदेश जहाँ-जहाँ बाबूजी की बदली होगी, तुम्हारे साथ चलूँगी। कभी नहीं छोड़ूँगी तुम्हें। जो हरामजादी कभी तुमसे तनखा माँगे, वह गोमांस खाए।'

जगमगाते दीयों की पंक्ति के बीचोबीच खड़ी लक्ष्मी का वह रूप मैं कभी भूल नहीं पाऊँगी। शान्त स्थिर मूर्ति, न छलक पा रहे आँसुओं से स्निग्ध डबडबाई आँखें और सफेद चेहरे पर पड़ रही मेरे द्वार पर लटके लाल कंदील की रक्तिम आभा।

'तुझे शर्म नहीं आती, लक्ष्मी? अभी तीन महीने पहले तूने क्या किया था, भूल गई।

'पहले तो इतने रुपए मेरे पास हैं कहाँ? और होते भी तो शायद मैं

तुझ-सी बेहया को कभी न देती। जा चली जा, खबरदार जो अब कभी यहाँ आई।'

उसने एक बार बड़े अविश्वास से मेरी ओर देखा और फिर सिर झुकाकर चुपचाप चली गई। आज सोचती हूँ, चाहने पर मैं क्या उसे पन्द्रह सौ नहीं दे सकती थी? आठ सौ तो मेरे बक्से में ही पड़े थे और सात सौ मैं इधर-उधर भागकर जुटा ही सकती थी, किन्तु उसकी चोरी का घाव भी ताजा था। और यौवन की असहिष्णुता ने भी शायद मुझे उस दिन वैसा निर्मम बना दिया था। सात-आठ दिन तक लक्ष्मी जब मुझे अपनी खिड़की से बार-बार झाँकने पर भी नहीं दिखी, तो मैं समझ गई कि उसका पिता ऋणमुक्त हो गया है।

इतने वर्षों बाद मैं फिर उस शहर में पहुँची। विस्मृत गृह को वर्षों बाद देखने में मनुष्यमात्र को आनन्द आता है। एक-एक कमरे, एक-एक दीवार, एक-एक अर्गला का स्पर्श, उखड़े पलस्तर की तहों के साथ-साथ कितने भूले-बिसरे स्पर्शों का पलस्तर उखाड़ देता है।

मैं भी घूमती-घूमती वही पुराना घर देखने गई, तो अचानक तलहटी में खड़े, उस परिचित तिमिल वृक्ष पर दृष्टि पड़ते ही, उस अभागिनी की याद हो आई, जो कभी इसी पेड़ के चौड़े-चौड़े पत्रों का दोना बना, ताजे मीठे काफल पत्र-सम्पुट में मेरे लिए लाया करती थी। कच्ची मिट्टी का वही घर, वही खिड़की और वही सर्पिल बंकिम पगडंडी, जिससे साँप-सी सरसराती वह टप-सी मेरे आँगन में कूद जाती थी।

मेरे पुराने घर को किसी गुजराती सेठ ने खरीद लिया था, उसका परिवार कभी-कभार गर्मियाँ बिताने आता था। गदाधर पंडित चौकीदारी भी करते थे और एक कोठरी में ही छोटा-सा प्रेस खोल, द्विपृष्ठी अखबार भी निकाल रहे थे।

'लक्ष्मी का बाप क्या अब भी यहीं रहता है, पंडितजी?' मैंने पूछा।

'उसे मरे तो दस-बारह साल हो गए लली, दो बेटे लड़ाई में मारे गए। बड़ा लड़का कलक्टर बन गया है। किसी पंजाबी-बालिस्टर की लड़की से शादी कर ली है, सुना। एक लड़का अमेरिका में है, नरिया ननिहाल में था, पिछले साल आकर उसे भी अमेरिका ले गया।'

तो सूखी रोटी चूसनेवाला रिरियाता नरिया भी अमेरिका पहुँच गया!

'और लक्ष्मी?'

'अरे, नाम मत लो छोकरी का एकादशी के दिन। छिनाल पाप का

छलकता घड़ा लेकर, अब फोड़ने यहाँ आई है। कुछ दिनों तक गाड़ी सड़क पर बैठी भीख माँगती थी। जब मक्खियाँ भिनभिनाने लगीं तो अब घर में पड़ी सड़ रही है।'

'क्या उसी घर में रहती है?'

'और कहाँ जाएगी?'

मैं फिर धीरे-धीरे पगडंडी उतरती तीस वर्ष बाद, एक बार फिर उसी आँगन में आकर खड़ी हो गई, जहाँ उस दिन उसका झोंटा पकड़ने क्रोध से थर-थर काँपती खड़ी हुई थी।

'लक्ष्मी!' मैंने डरते-डरते पुकारा।

'कौन?' दूर किसी कुएँ से जैसे किसी का डूबता-उतराता कंठ-स्वर आया।

'मैं हूँ, गुस्याणाँ'—मैं भीतर गई। एक कोने में एक काठ की मेज पर, मिट्टी के तेल की ढिबरी जल रही थी। उसकी काँपती लौ में, जिस बीभत्स चेहरे को मैंने देखा, वह निश्चय ही उस लक्ष्मी का नहीं था, जिसे मैंने कभी द्वार से दुरदुराया था।

हे भगवान्, अभागी को क्या चेचक निकल आई थी? सारे चेहरे पर पानी भरे बड़े-बड़े मोती-से दाने, लाल-लाल आँखें, उलझे बालों का जटाजूट और अर्द्धनग्न देह पर पड़ी मैली गुदड़ी।

यौवन और सौन्दर्य का वह खँडहर देखने मैं फिर एक कदम आगे बढ़ पाई न पीछे।

'क्या है?' उसने उसी कड़क से पूछा, जैसे मैंने कभी उससे पूछा था।

'तुझे देखने आई थी, लक्ष्मी!' मैंने बहुत चाहा कि लपककर उसके दोनों हाथ थाम लूँ, किन्तु भयानक दुर्गन्ध के भभके ने, मुझे फिर पीछे धकेल दिया।

'क्यों, कलेजा ठंडा हो गया, गुस्याणाँ?' वह हँसी। हाय, कहाँ गई वह मुक्ता-पंक्ति और वे प्रवाल-से अधर।

मैंने बटुआ खोलकर सौ-सौ के दो नोट निकाले ही थे कि वह फिर कर्कश स्वर में चीखी—'भाग जाओ यहाँ से, तुम्हारी हिम्मत कैसे हुई यहाँ आने की! खबरदार, जो कभी मेरी देहरी पर पैर रखा!'

इतने वर्षों में भी क्या वह मेरी प्रचंड भर्त्सना का एक-एक शब्द नहीं भूली थी? मेरा ही विषबुझा तीर, मुझी तक आकर, मेरी छाती में धँस गया।

'सुना नहीं? जाओ!' वह फिर चीखी और मैं सहमकर बाहर निकल

आई।

दूर-दूर तक फैली, कन्धे से कन्धा मिलाकर खड़ी कुमाऊँ की भव्य पर्वत-श्रेणियाँ, एक-एक कर जगमगाते दीयों-सी झलमलाने लगी थीं। द्रोणागिरि, कलमटिया, वानड़ी, मुक्तेश्वर गागर। मैं नैनीताली देवाल के कब्रिस्तान की दीवार पकड़कर क्षण भर को खड़ी हो गई थी। मैंने पलटकर देखा, पहाड़ की तलहटी में खड़ा लक्ष्मी का जीर्ण मकान अरण्य में खड़े किसी कंकाल-सा ही भयावह लग रहा था। उसकी खिड़की से आता ढिबरी का मन्द प्रकाश मुझे पहाड़ पर चमकते 'टोले'-सा ही लगा।

टोला ही तो थी वह। पहाड़ में कहते हैं कुँआरी लड़की की अशान्त अतृप्त आत्मा, ऐसे ही चमकते 'टोले' बन पहाड़ों पर रात-रात भर फिरती रहती है। बचपन में इस रहस्यमय जुगनू के-से अनेक प्रकाशपुंज मैंने देखे हैं।

गहन पश्चात्ताप से मेरा चित्त सिहर उठा। उस दिन उसे ऐसे न भगाया होता तो क्या आज उसकी यह अवस्था होती? उसने तो मेरे कुछ गहने ही चुराए थे, जिन्हें मैंने खोकर भी पा लिया था, किन्तु मेरे दौर्बल्य से वह अभागिनी अपने जिस बहुमूल्य आभूषण को खो बैठी थी, उसे क्या वह इहलोक में कभी पा सकती थी? तीस वर्ष पूर्व मैं उसे क्षमा नहीं कर पाई थी और आज वह यदि मुझे क्षमा नहीं कर पाई, तो उसका क्या दोष?

●●●